Hello, Hello and Hello

葉月 文

Aya Hazuki

Illustration ぶーた

Kadokawa Fantastic Novels

吶，小由。我——

瀨川春由
龍膽朱音

由希仰望天空時，
最後一發小煙火剛好被打上天空。
只有站在她身邊的我，
目睹了她的黑色眼眸染上紅色光芒的瞬間。
椎名由希

……我等你。

嗯，我馬上去，
現在就去。

Contents

這是我（春由）失去的，兩百一十四次為期一週的戀愛故事。

同時——

也是我（由希）獲得的，僅此一次長達四年的戀愛故事。

Prologue 我與她的相遇

「吶，小由。我——」

一個不認識的女孩子向我搭話。

她的聲音像春天的陽光般溫暖，又像吹動花朵的微風般柔和。

現在回想起來，我一開始就是被那道聲音所吸引的。

❀

時鐘的指針已經走過十點，正朝十一點邁進。

裝滿參考書的書包肩帶勒得肩膀發疼，肚子也餓得咕嚕作響。平常這個時間，我早就已經回家了。

不過我當天仍繼續在街上漫無目的地徘徊。

幾小時前發生的事，一直在我腦中揮之不去。

我逃避了那雙直率的眼神。

以及對方強烈的感情。

放學後，同班同學龍膽朱音在昏暗的教室裡對我說：

「阿春，我喜歡你。和我交往吧。」

我從來沒看過她的臉紅成這樣，明明連肩膀都在顫抖，卻只有聲音特別響亮，而且毫無動搖。

她現在看起來比平常還要有魅力，非常漂亮。漂亮到難以形容。

所以，要是我能回答自己也喜歡她就好了。

實際上，我對朱音也很有好感，但我的感情和她的喜歡是不同的東西。無論是顏色、形狀或重量——恐怕就連種類都不一樣。

我們心裡懷抱的感情並不等價。

這個單純的事實，讓我們的心意無法相通。

「對不起。」

我嚥了一下口水滋潤莫名乾渴的喉嚨，勉強擠出這句話。

朱音緩緩低下頭。最近明顯變長的頭髮遮住她的臉龐。即使如此，朱音還是數度想要開口，但那些想法最後都化作嘆息，無法構成任何話語。

我也同樣無話可說，所以朝她行了一禮後，就離開空蕩蕩的教室。

之後的事我就不記得了。一部分的大腦像是已經麻痺般失去功能，我沒有回家，只是持續走在路上。

明明是冬天，我卻汗流浹背。視線無法集中，所有的一切都變得模糊不清。雙腳像是忘了如何停止般，只能一味前進。

直到經過一塊平淡無奇的空地後，我才總算停下腳步。

因為我發現那裡不知何時換了一面看板。

這塊地已經空了好幾年，但明年春天似乎要開始蓋大樓。原來這裡要消失啦。雖然不曉得能不能算是回憶，但我對這個地方有點感情。

我曾經在這裡埋葬過一隻貓。

那是一隻漂亮的白貓。

在用指尖碰觸過那隻閉著眼睛，看起來像是睡著了一般的小貓時，我有生以來首次理解了那個概念——啊，這個身體裡已經沒有生命，只是一個僵硬、沉重又極度冰冷的空殼。

當時還是個國中生的我，直接面對了「死亡」。

我完全束手無策。

所以我和大多數人一樣，為了減輕自己內心的負擔，埋葬了那具白色的軀體，並合掌替牠祈禱。這已經是約四年前的事。

等回過神時，我已經踏著搖晃的腳步走進空地。像那天一樣替牠祈禱吧。為了結束這場漫無目標的逃避，我正好需要這樣的契機。

然後，我遇見了她。

那個少女長得和那隻白貓一樣漂亮。她擁有白皙如雪的肌膚、紅得像蘋果的臉頰，以及沾滿雪之結晶的長髮。

一片雪花在碰到這位不知名少女的臉頰後融化。她的臉上明明掛著非常幸福的笑容，卻因為僅僅一片雪花，變得像是在哭泣。

她動著形狀姣好的嘴唇，吐出純白的話語。

——吶，小由，我喜歡你。

這是為什麼呢？

為什麼這個陌生少女只用了一句話，就輕易地讓連朱音的告白都無法撼動的東西開始轉動？從容也好，理性也好，諸如此類的東西，一瞬間就被吹跑了。

在那份感情面前，我實在過於無力。

我的回答讓她笑了。

她看起來非常開心。
然後又變得有點寂寞。
這件事發生在高中三年級的冬天。
我就這樣與椎名由希相遇了。

這就是我與由希的相遇。

所以——
沒錯，所以，我什麼都不知道。
由希在那個時候，究竟是以什麼樣的心情向我告白；
由希在那個瞬間，究竟是下了什麼樣的決心在我面前微笑；
由希曾經給予我的一切，以及從我手中融解、散落的一切。
我對這些一無所知。

Contact.92

不存在的約定

「不好意思，可以打擾你一下嗎？」

一個不認識的女孩子向我搭話。

我當時正走在從學校回家的路上。

她的聲音好聽到只要聽過一次就難以忘懷的程度。

「我希望你能帶我去看電影。」

眼前是褪色的鐵皮屋頂，以及在風吹雨打下變得破破爛爛的木椅——這是我從小到大看到慣的老舊公車站。

公車站旁站了一個不認識的女孩子。

很難判斷是橘色或黃色的路燈，替女孩端正的輪廓鍍上一層金黃色的光芒，在黑暗的夜晚當中顯得格外顯眼。即使是有點老舊的燈光，只要打在她身上，還是會讓人覺得神聖。

或許是因為我一直沒有回答，少女可愛地歪著頭問道：

「你沒聽見嗎？」

等回過神時，我倒映在少女眼中的身影已經變得比剛才還大。好近，太近了。為什麼她這麼輕易就靠了過來？我不知所措地嚥了一下口水，滋潤莫名乾渴的喉嚨。

「放心，我聽得見。」

我低喃的聲音比想像中還要微弱沙啞。

這次換我擔心對方沒聽見了。

但少女將手放在豐滿的胸部上，輕喊了一聲「這樣啊，太好了」，看來我的話有確實傳達到。

「我叫椎名由希。請多指教，春由。」

「呃，妳好。那個，椎名同學？」

「叫我由希吧。」

說完後，她笑了一下。椎名由希是個可愛到驚為天人的女孩子。

她及肩的長髮末端微捲，看起來像是燙過頭髮。或許是肌膚過於白皙，明明沒擦任何化妝品，紅潤的嘴唇依然十分搶眼。

一陣風吹動她的頭髮，我突然聞到一股香味。稍微思考了一下是什麼味道後，我得到了答案。啊，是櫻花的香味。

我的內心突然湧出一股強烈的情感。痛苦，然後是炙熱的感覺，彷彿心臟被人緊緊揪住一般。

隔著制服按住自己的左胸後，我按照她的希望呼喚她的名字。這是為了掩飾我內心的百感交集。沒錯，我現在心裡真的非常混亂。

「由希，妳叫我帶妳去看電影是什麼意思？」

「你明天要去看電影吧？」

「……明天又沒放假。」

「嗯，我知道。不過，明天是你高中的建校紀念日，所以不用上課吧？」

少女……不對，由希若無其事地說道。就像在說菜單上有寫「明天的營養午餐是咖哩」一樣。

「你打算趁明天學校放假去看電影吧。你不是有兩張票嗎？還是你打算約其他人一起去？」

「為什麼妳會知道這件事，我明明沒告訴過其他人？」

我想起幾天前朋友曾經約我一起出去玩。我當時以有事為由婉拒，但朱音執拗地問我到底有什麼事，還一直說「反正你又是要一個人出去玩吧，也讓我跟啦」。不過，我直到最後都沒告訴她這件事。

我不想被認識的人看見，一起觀賞更是一種折磨。這樣一定會被人笑好幾年。

眼前的少女像是完全不在乎我的心情般輕聲笑道：

「嗯～這是祕密。」

「為什麼？」

「因為有祕密的女孩子比較有魅力吧？」

看來她並不打算認真回答我。

即使如此，我仍試著等了一會兒，但果然還是沒得到像樣的回答。由希一直保持微笑。她明知道我在等她回答，卻刻意沉默不語。

最後還是我先按捺不住。

「我沒約任何人，所以手上還有兩張票。」

「那就帶我一起去吧。」

「為什麼妳會想看那部電影？」

「……因為我跟人約好了。」

「跟誰？」

由希臉上依然掛著笑容，但感覺比剛才還要多了一絲悲傷。或許是因為光的角度改變了吧。

我一仰望天空，就發現由希也跟著抬起頭。

夜色在不知不覺間變深。

今天的雲不多，能看見星光閃爍。雖然要是這時候能找出星座會很帥氣，可惜我並不具備這方面的知識。

在這片無垠的夜空中，我還找不到任何東西。

「這樣啊，妳和人約好啦。」

「嗯。」

「既然是約定，就必須要遵守啊。」

指不出星座的我，只能如此回答。雖然有點遜，但這已經是我最大的努力了。

「我知道了，那就一起去吧。」

「真的嗎？謝謝你。」

「我記得明天早上十點十分有一班車，約十點在剪票口會合好嗎？」

「嗯，沒問題。好期待明天喔。」

我們互相揮手道別。

我和由希走的是反方向。這裡只有一條路，我很快就看不見她的背影。

直到她的身影完全消失後，我才總算邁出腳步。

剛才認識的少女身影，反覆在我腦中浮現又消失。

春天的香味、苗條的身軀。按住被風吹亂的頭髮時，看起來就像玻璃工藝品般纖細的手指。細長的睫毛、深邃的黑色眼眸，以及形狀姣好的嘴唇。我一一回想這些細節，然後——

就在由希的聲音如漣漪般於我心中擴散開來的瞬間，我停下腳步。

因為一個疑問也跟著清楚地浮現出來。

咦？我有跟由希說過我的名字嗎？

當然沒有人回答我的疑問，只有由希那像是在打哈哈的笑容持續殘留在我的腦中。

這件事發生在高中一年級的秋天。

我就這樣與椎名由希相遇了。

我明明提早三十分鐘抵達車站，由希卻比我早到。這樣或許能搭早一班車。

然而，我突然猶豫該不該繼續走向由希。

她靠在柱子上，看著空無一物的地方發呆時的側臉，蘊含了類似高尚藝術品的威嚴，散發出一種讓人難以靠近的氣氛。

仔細一看，雖然有許多人在偷看由希，但完全沒人上前搭話。想與她攀談很需要勇氣。

我嚥了一下口水，用牛仔褲擦掉手上的汗後，硬逼自己踏出腳步。我緩緩舉起手，然後才總算向她搭話。

「早安，妳來得真早。」

我的聲音讓由希注意到這邊。她用手掌推了一下柱子，輕快地跑過來。

「妳該不會等很久了吧？」

「沒有，我才剛到而已。」

由希笑嘻嘻地說道。

剛才那股將人拒於千里之外的氣氛，已經在不知不覺間消失。這讓我忍不住鬆了口氣。

從肺部深處湧出的溫熱氣息在透明的空氣中消散。

「真抱歉，我以後會注意。不可以讓女孩子等吧。」

「明明就不用在意這種事。小由，你太認真了啦。」

「小由？」

「沒錯。因為是春由，所以叫你小由。不行嗎？」

「雖然不是不行，但從來沒有人這麼叫過我。」

基本上，大家通常都是叫我瀨川，或是阿春。

妹妹夏奈和父母也都是叫我阿春。這個頭一次聽見的稱呼方式，讓我有點不好意思。

「那就是我專屬的叫法了。」

由希露出白皙的牙齒笑道，然後抓住我的手，將我拉過去。

我勉強站穩腳步，沒讓自己倒在她身上，但我們之間的距離還是縮短了一步。

由希像是想要搶奪我的體溫般，用她嬌小又冰冷的手緊緊握住我的手腕。感覺只有被握住的地方特別燙。我沒辦法抬起頭，只能一直盯著自己髒兮兮的鞋尖。

「那麼，小由，我們走吧。」

一聽見她下令出發，我就想起昨天有件事忘了問她。

「話說，妳知道今天的目的地嗎？」

今天要看的電影和一般會在電視上大打廣告的作品不同。真要說起來，就連上映的地點都不是電影院。

不過，由希對我的不安一笑置之。

「你問的問題還真怪，是矢坂大學吧？」

矢坂大學離我住的地方只有兩站。那個地區的坡道特別多，而矢坂大學就蓋在最陡最長的那條坡道上。

實際上，在下了電車轉搭公車後──

「啊，就是那裡吧。小由，你看。」

在由希喊出這句話前，公車已經爬了將近十分鐘的坡。

由希所指的方向有道壯觀的門和巨大的看板。

看板上用鮮豔的海報字體寫著「第六十屆秋穗祭」。

這間矢坂大學從幾天前的星期日開始舉辦為期一週的文化祭。那裡的電影社自己拍了一部片打算在文化祭時上映，我手頭的票就是用來看那部電影的。

一年半前，我在機緣巧合下獲得了電影票。

我一穿過那道門，就發現氣氛明顯改變了。

在已經染上秋天色彩的樹葉下，是非日常的光景。

眼前有許多攤子，遠方傳來喧囂的吉他聲。甚至還有人在跳舞。那是叫夜來舞吧。響板輕快的聲音聽起來十分悅耳，感覺就像真正的祭典。

在大門前面從一個大姊那裡拿到導覽手冊後，我立刻翻查電影的時刻表。因為是片長三十分鐘的短篇電影，所以把休息時間也算進去後，每一小時半會放映一次。

距離下次的放映時間還有十分鐘，如果走快一點或許還能趕上。就在我繼續翻閱導覽手冊，打算從地圖上找出放映地點時，手冊突然被搶走了。

我一抬頭，就發現由希雙手各拿著一份手冊。

「妳幹什麼？」

「我才想問小由在幹什麼？」

「呃，我在確認放映地點啊。」

由希嘆了口氣，像是覺得我什麼都不懂般搖頭。

「只要隨便四處走走就會找到吧。比起這個，難得來參加文化祭，這裡有許多攤位、樂團，甚至還有鬼屋。無視這些東西而直接前往目的地，未免也太浪費了吧。這樣一定會遭天譴。」

「我不想遭天譴。」

「那就到處逛逛吧。一定會很有趣。來，走吧。」

於是我們決定一起去逛文化祭。

由希用嬌小的鼻子聞著擺攤區的味道，然後像是被甘甜的香味吸引般去排了可麗餅的攤位。她一直在煩惱該點草莓還是巧克力香蕉，但最後還是無法做出決定，選擇兩種都買。我則是挑了符合秋天感覺的栗子口味。

「真虧妳吃得下兩個。」

「天四素窗在哩易估偉。」

由希嘴巴塞滿可麗餅時說的話，就像外星人的語言。哎，雖然我也沒見過外星人。

「妳說什麼？」

這次由希先仔細咀嚼，很捨不得地吞下可麗餅後才極力主張——雖然她嘴角還沾著鮮奶油。

「甜食是裝在另一個胃。」

「由希，妳嘴邊有鮮奶油。」

「哎呀，不好意思。是這邊嗎？」

「另一邊。」

「這邊啊。」

由希用手掌擦了一下，但根本沒擦到。

「妳等一下。」

我用自己帶來的面紙替她擦嘴。由希任由我擺布，但偶爾還是會想找機會吃下一口可麗餅，害我必須提醒她別動。真是的，所以我才受不了女孩子這種生物。雖然我也喜歡甜食，但她們的熱情總是能輕易凌駕於男性之上。

「擦好了。」

「謝謝，你準備得真齊全。」

「呃，我覺得正常的高中生都會隨身攜帶面紙吧。」

「我已經快十七歲了，但還是沒帶。」

「原來由希比我大一歲啊。」

「沒錯。我算是你的學姊，要尊敬我喔。」

「嘴巴上沾著鮮奶油說這種話，一點威嚴也沒有。」

「不會吧。還沒擦乾淨嗎？」

由希連忙擦拭嘴角的模樣讓我笑了出來。大概是因為一時慌張，所以擦得太大力。由希白皙的肌膚稍微變紅，變得比沒擦的另一邊臉頰還紅。

「呵呵。已經沒有了啦。」

「嗚嗚。小由真壞心眼，太壞心了啦。」

由希噘起嘴，走在我的前面。

苗條的背影、蓬鬆的頭髮，以及從裙子底下延伸出來的纖細雙腳。我是為了能多看這些地方幾眼，才稍微走在她的後面的。

但由希後來直接進去圖書館看攝影社的展覽，所以我很快就追上了她。

我們一起欣賞許多黑白照片，然後各自挑了一張自己喜歡的作品來討論。

我選了一張男子在沙灘上高高跳起的照片，由希選了一張小女孩獨自被留在商店街拱廊的照片。

女孩孤身一人待在被擷取下來的寬廣世界中，看起來嬌小又寂寞。這確實是一張能夠打動人心的好作品，但與我對由希的印象不合。我以為她會和我一樣選擇充滿生命力的照片。

「是嗎？」

由希的聲音在沒什麼人的圖書館裡輕輕響起。

「不過，這一定就是我。」

我們在文藝社的攤位買了同人誌，肩並肩一起看。我們對小說的喜好似乎很像，喜歡的作品都一樣。

由希之後也是看到有興趣的東西就直接跑過去，等回過神時，我們已經來到校內的角落了。這裡遠離喧囂，再往前走也只有一棟老舊的建築物。「那是什麼？」由希眼尖地發現那棟像是被人藏起來般，靜靜聳立在那裡的房子。

過去應該是白色的建築物表面，在經歷風吹雨打後已經變色，牆上也爬滿了不知名的植物。綠色的植物應該是苔蘚吧。整體來說，那裡給人一種難以接近的感覺。

就在我打算勸由希離開這裡時——

「喂~那邊的少年，等我一下。」

某人大聲呼喚我，而且我對這個聲音和臺詞有印象。

即使隔了一段距離，我還是認得出那個高大的身軀。

至少三天沒刮過的鬍子、將頭髮綁在腦後的髮型，以及從留長的瀏海縫隙中露出的那雙宛如孩子般閃閃發亮的雙眼。

明明已經有一年多沒見了，他還是一點也沒變。

他是導演。

我們今天要看的電影，就是由他執導。

然後，他也是給我兩張票的人。

❀

我是在念國中時的春假遇見導演的。

當時社團放假，所以無事可做的我，獨自在附近的公園閒晃。

雖然到了假日或傍晚就會有許多人來這座公園賞花，但平日下午沒什麼人，顯得有些冷清。

直到一個莫名粗厚的聲音打破這份靜寂。

「喂～那邊的少年，等我一下。」

「咦？」

我看向聲音的來源，然後發現有個身材魁梧得像熊的大叔正全力朝這裡衝刺。感覺甚至還能聽見匆忙的腳步聲。他的樣子看起來太拚命，讓我忍不住停下腳步。這就是敗筆。

現在看起來也喘得要命的那個人來到我身邊後，突然抓住我的手。

「哎呀，得救了。你跟我來一下。」

「什……什麼事？」

「我們正在拍電影，但臨時演員不夠，所以非常困擾呢。」

「不不不，請等一下。我聽不懂你在說什麼。」

「聽不懂嗎？」

大叔困惑地將臉轉向我，仔細看過後，我才發現他其實還很年輕。大概只有二十出頭，勉強還能被人稱作大哥。

「聽不懂啊。」

「就是電影的臨時演員啊。」

「不是這個問題，而是為什麼我必須跟你走。」

「這我剛才也說過了吧？如果你不幫忙，我會很困擾。」

「……啊？」

「所以跟我走吧。」

「呃，所以說……」

我就這樣被強硬地拉走了。

之後不管做什麼都是白費力氣。力量的差距實在太大，無論我再怎麼拚命反抗都沒用。

掙扎了約三分鐘後，我就放棄了。

要殺要剮都悉聽尊便吧。

叫住我的男子似乎是這部電影的導演，他一被其他工作人員呼喚，就立刻換上一副截然不同的表情，氣氛也為之一變。因為看起來有點帥，讓人覺得不太甘心。

他們在公園的長椅進行拍攝。

我被分配到的角色是路人Ａ。

我只要走在主角後面，既沒有臺詞，也沒有特寫鏡頭。即使如此，他們還是有指導我這段過程在什麼時候要看哪裡，以及要走多快。

我本來以為只拍一個場景應該花不了多少時間，結果卻因為重拍了好幾次，被困在這裡將近四小時。

等器材都收拾好時，天空已經逐漸變成深藍色。再過十分鐘，世界就會完全被夜晚籠罩吧。就連這個瞬間，夜晚的侵蝕也在持續進展。

「原來你在這裡啊，辛苦了。」

我看向聲音的來源，發現導演正走向這裡。他似乎在找我。

「拍得還真久。」

「真是幫了大忙。哎，雖然少年的出場時間只有約十秒。畢竟我還是不想妥協。啊，這是謝禮。」

導演說完後，從口袋裡掏出罐裝的玉米濃湯。太陽下山後就變冷了，因此我心懷感激地收下。還是熱的，我用雙手握住罐子後，手掌就開始變溫暖。

「謝謝。」

「還有票也順便給你。今天拍的電影，預定會在明年秋天的文化祭公開上映，到時候再來看吧。」

「明年？不是今年嗎？」

「今年應該來不及。明年完成這部作品後，我就要從大學畢業了。」

裁成長方形的彩色印刷紙上，用手寫著「第六十屆秋穗祭電影上映會門票」幾個字。「第五十九屆」的部分被劃了兩條線，像是為了表示導演的決心，寫在上面的「第六十屆」這幾個字，明顯比其他字大。

旁邊還用刻有大學名字的印章，蓋了用正方形的紅字寫的「矢坂大學」幾個字，但看起來有點模糊不清。我曾經聽過那間學校的傳聞，據說是蓋在一條地獄般的坡道上。

「有兩張耶。」

「這是戀愛電影，約你喜歡的女孩子一起去看吧。」

就這樣，我手上多了兩張票和一個罐裝玉米濃湯。作為工作了四個小時的代價，似乎有點太便宜了，但這也算是貴重的體驗，所以就算了。

看著導演揮手向我道別的背影逐漸遠去，我啜飲了一口湯。湯已經有點變溫，對我這種怕燙的人來說正好。

夜晚第一顆出現的星星，在空中閃耀。

那好像是叫「長庚（註：傍晚出現在西方天空的金星）」。

我朝散發微弱光芒的金星踏出腳步。

❀

「少年，你來啦。」

導演揮手招呼我們過去，他魁梧的身軀獨占了長椅三分之二的空間。桌上凌亂地放著十幾張電影票和秋穗祭的導覽手冊。或許是因為看了很多遍，電影雜誌封面上的女演員臉龐已經變得十分模糊。

「好久不見。是在這裡上映吧？」

「嗯，我們的社團教室就在這棟社團大樓最裡面的房間。順帶一提，是在二樓。哦？」

此時，導演似乎總算注意到由希。他像是著了迷般由上到下反覆打量由希，接著沒移開視線就直接呼喚我。

「少年，你過來一下。」

「哦。」

我順從地走到導演旁邊，然後被他拉到社團大樓的角落。

因為離由希有段距離，所以就算正常講話，她應該也聽不見。即使如此，導演依然壓低音量對我說：「那女孩是誰啊？她長得超可愛耶。」

「嗯，是啊。」

「她和你是什麼關係？」

「我們姑且算是朋友。她好像想看這部電影，雖然不曉得她是從哪兒聽說我這裡有兩張票，但我們就這樣一起來了。」

「是我的仰慕者嗎？」

導演害羞地笑道。

「我覺得應該不是，她好像跟別人約好要看這部電影。」

導演傻笑的樣子莫名地讓我感到不爽，所以我刻意加強語氣否定他的說法。

「跟誰？」

「天曉得？」

我們一起看向由希。

由希正在翻原本放在長桌上的雜誌。她看起來不像是在閱讀，比較像是在享受翻頁的觸感與聲音。

「這畫面真不錯。」

導演品頭論足似的看了由希一會兒後，如此低喃。

「那樣的女孩真的很少見。用可愛和漂亮都不足以形容，她擁有能夠吸引人的特質。少年，能麻煩你和她交涉，請她演出我的電影嗎？」

「我才不要，你自己去拜託她不就好了。」

「可是啊……」

「可是怎樣？」

「……被那麼可愛的女孩子拒絕，會很受傷吧。」

「啊？」

我認真地，全力地板起了臉。

等一下，這個人到底在說什麼啊！他之前硬把我抓去拍戲的厚臉皮都跑去哪裡了？

「男人就是這種生物。在美女面前，每個人都會變成膽小鬼啊。」

「幹麼講得好像是什麼格言一樣。」

我忍不住吐槽後，導演就用他那雙渾圓大眼看向我。

「少年，你好像有點變了。」

「咦，是嗎？」

「嗯，你變了。你之前給人一種很好應付，只要表現得強硬一點，就能讓你答應任何請求的感覺，但現在有點不太一樣，變得會說出自己的感情了。」

「這算是好事嗎？」

「那當然。隨波逐流的傢伙什麼都抓不住。如果有想要的東西，即使必須使出強硬手段也要拉到自己身邊。所以，拜託你了。如果你再不答應，我就要下跪嘍。這樣好嗎？」

為什麼有辦法這樣對我，卻沒辦法這樣對由希呢？

哎，但我也是個男人，所以其實不是不能理解導演的心情。

「那就這麼辦吧。我可以幫你介紹，但交涉要由你自己來。」

「嘖，我知道了啦。」

「由希。」

我一呼喚由希，她就闔上雜誌，踩著搖搖晃晃的腳步走來這裡。

「你們講完悄悄話啦。」

「嗯。然後啊，這個人其實就是給我票的人，同時也是今天看的電影的導演，他好像有事想拜託妳。」

「拜託我？」

「導演，換你了。」

「哦……好。」

我用力推了一下導演寬大的後背。

他的背摸起來就像又硬又熱的巨大岩石，根本就推不動。即使如此，似乎還是替他注入了一點幹勁。

「非……非常感謝妳今天來看我們拍的電影。」

「嗯，我很期待喔。」

由希一笑，導演就變得滿臉通紅，身體也開始微微搖晃。也太快就不行了吧，沒想到他這麼沒用。

我本來要無奈地代替導演開口，但導演早一步說道：

「然後，那個，如果妳不介意的話，之後可以演出我的電影嗎？」

他朝由希伸出自己的大手。

「拜託妳了。」

「嗯～」

「不行嗎？」
「嗯～」
「拜託，求妳了。」
由希露出有點壞心眼的笑容。
「可以讓我看完電影後再決定嗎？」
這就是所謂小惡魔的笑容吧。

在大約能容納二十個人的房間裡，擺了十二張折疊椅。一排有四張椅子，總共三排，我們坐在第二排。或許是因為地板太老舊，椅子會不斷晃動，讓人靜不下來。除了我們以外還有三個觀眾。電影一開始，房間的燈就關掉了。

在學校平常上課時也會用到的會議用螢幕上，開始播放出影像。

劇情是在平淡的日常生活當中，男孩與女孩相遇、離別，並再次重逢，就只是這樣隨處可見的故事。

既沒有外星人進攻地球，也沒有怪獸破壞城鎮，雖然世界並未陷入任何危機，但依然確實有其內涵。

我是出現在後悔因為吵架而分手的兩人於公園長椅重逢的重要場景。即使是出現在模糊的背景裡，還是能看見我一個人在那裡走路。

或許是發現我登場了，由希不斷戳我的側腹。

我抓住由希搗亂的手指，瞄了她一眼。

就算手指被抓住，一旁的由希還是沒看向我，專注地盯著畫面。她的眼神非常認真。

雖然這樣講不太好，但這不過是部文化祭的自製電影，不需要看得那麼認真。為什麼由希要看得如此認真呢？

由希的側臉在黑暗中蒙上一層電影的光芒，看起來非常漂亮，最後的五分鐘，我一直在看她的側臉看得入迷。

抵達正門前面的公車站時，我發現一輛公車正好彎進前面的街角。車尾燈的紅色光芒逐漸變小，然後消失。

下一班車要等十分鐘。

公車站裡現在只有我和由希，我們一起坐到塑膠長椅上。

「小由看起來很緊張呢。」

由希奸笑地說著，但也稱讚電影很有趣。

「主角最後的告白很棒呢。真好，我也想被人像那樣熱情地告白。」

由希開心地訴說感想，但我並沒有認真聽。比起電影的感想，我更想聽另一件事，腦袋裡也不斷在想這個。我一直在煩惱該不該問，但最後還是說出了內心的疑問。

「既然如此，為什麼妳要拒絕導演的請求？」

❀

那是十幾分鐘前發生的事。

導演在社團教室外面等我們出來。

「覺得電影如何？」

「嗯，拍得很棒。」

「真的嗎？」

大概是很緊張吧，導演深深吐出一口氣。我發現他用力握緊右拳，露出燦爛的笑容。

由希也笑著點頭。

然後，奇蹟果然沒有發生，她開口說道：

「**所以**按照約定，請容我拒絕你的邀約。」

「咦？」

在一旁觀看事情發展的我，以及一臉燦爛表情的導演，都無法理解由希在說什麼。我們不知道由希為何會得出這樣的答案。

或許是從表情看穿了我們的想法。

由希像是為了明確表示這當中沒有任何誤會般，再次宣告。

「對不起，我無法演出電影。」

她低頭行了一禮，然後就立刻離開社團大樓。

我來回看向呆站在原地的導演與由希的背影，然後和由希一樣朝導演行了一禮，就跑去追由希了。

❀

面對我的質問，由希回答「因為是約定」。

「吶，小由，你覺得那部電影有不好的場景嗎？」

「……沒有。」

「既然如此，那我果然不能參與演出。因為這是約定。」

「我聽不懂妳在說什麼。妳到底是和誰做了什麼樣的約定？」

由希看向自己腳上那雙有些磨損的紅鞋，讓兩隻鞋尖像在親吻般一下湊在一起，一下分開。

「我順便再問一次，由希，妳到底是和誰約好要一起看這部電影的？」

由希吸了口氣，然後臉朝上把氣吐出來。她停止搖晃雙腳，從座位起身。

我反射性地仰望由希，但她背對逐漸下沉的夕陽，逆光讓我看不清楚她的表情。

「我們立下了許多不存在的約定。那個約定無論是在過去、現在或未來，都已經不存在了。」

「什麼意思，由希和人約定好了吧？」

「確實是約好了，但那個約定已經不存在，甚至被當成沒發生過。」

「我聽不太懂。不過既然如此，就算不遵守也沒關係吧。」

「不對。即使如此，這對我來說還是很重要。」

由希的聲音裡似乎蘊含了某種堅強的信念。我只明白自己絕對無法動搖她的意志。

過不久，公車就來了。

由希朝我伸出手，我盡可能溫柔地抓著她的手起身。由希的手給人一種纖細、冰涼又脆弱的印象。彷彿只要稍微一用力馬上就會壞掉。

「方便的話，明天可以再見面嗎？」

「可能要等到放學後，如果這樣也行的話。」

「當然沒問題。」

「那就明天見吧。」

我們立下約定。

確實存在於這個世界的約定。

隔天，以及再隔天，我們也都在一起。

我們一起去書店，或是去圖書館讀書。

由希功課很好，她非常有耐心地替我講解不會的問題。

等回過神時，我和由希已經共度了一個星期的時間。

「小由是個好孩子呢。」

「就算妳誇我，我也不會連茶都請妳。」

作為教我念書的回禮，我請她吃便利商店的肉包。

「嘖，你不請客啊。」

我們一起走在逐漸變得燈火通明的街道上，由希用不標準的腔調唱著「好冷好冷呀」。

她表示自己非常怕冷，並不斷搓著手，朝指尖吹氣。季節愈來愈接近冬天，氣溫一定也會一天比一天還要低。

在我們經過郵局前面，快抵達車站時，由希以像是在糾正我解題方式錯誤般的溫柔語氣，如此說道：

「吶，小由。你不可以太相信我喔。」

「為什麼？」

「因為我打算對你做非常過分的事。」

說完後，由希搖了一下頭，用力閉上眼睛長達三秒鐘。等她的眼睛重新睜開時，裡面已經寄宿了不可思議的光芒。那到底是什麼，是困惑、恐懼、憤怒，還是決心呢？但那道光芒沒多久就消散了。

「沒事，沒什麼。忘了我說的話吧。」

由希像是為了隱藏自己的表情般，刻意加快腳步走到我的前面。

「明天也能見面嗎？」

感覺她好像會就這樣消失，所以我朝著她的背影如此喊道。

由希突然轉身看向我。她的裙子稍微隨風飄起，頭髮也跟著晃動，宛如是在跳舞一般，讓我像第一次見到她時那樣，感到一股揪心般的疼痛。

「欸嘿嘿。小由居然主動約我見面，這還是第一次呢。」

「如果可以讓妳這麼開心，那我從明天開始就一直約妳吧。」

「真的嗎？」

「我保證。」

「真開心。」

我像平常那樣，和由希在車站前道別。

由希用力朝我揮手，動作大到讓人擔心她的手會不會斷掉。我也使出全力揮手回應。即使步調緩慢，但我們確實有在逐漸遠離彼此。

等隔了一段距離後，由希放下手，呼喊我的名字。

「小由。」

我的身體瞬間像是被凍結般僵住。

由希換了一個讓人難以想像她剛才還在笑的表情，喃喃說了什麼。

她美麗的聲音一下就消散在人群當中，無法傳達到我這裡。

但我還是能夠從嘴唇的動作看出她說了什麼。

由希在最後的瞬間，以非常悲傷的表情說了。

——騙子。

Contact.33

夏季最熱的一天

「你真努力。」

一個不認識的女孩子向我搭話。

我當時剛在操場上跑完五次一百公尺。

她的聲音和已經沒那麼熱的傍晚空氣很像，隱約帶有甜甜的感覺。

我剛全力衝刺完，喘到連話都說不出來，那個女孩走向我，遞給我一條毛巾。我反射性地收下毛巾，但真的可以用嗎？毛巾散發出柔軟精的甜美香味，讓我猶豫了一下。

「你不擦一下汗嗎？」

我一陷入沉默，她就可愛地歪著頭問道。頭髮碰到臉頰時，似乎讓她覺得有點癢。她用漂亮的食指指尖碰觸柔軟的臉頰，輕輕撥開上面的細髮。

「可以用嗎？」

「那當然，不然我幹麼給你。」

女孩子像是覺得有趣般如此笑道，讓她給人的感覺變得更加稚嫩。大概是她身上的氣氛變柔和了吧。

我突然不再感到慌張，放鬆了肩膀的力道。

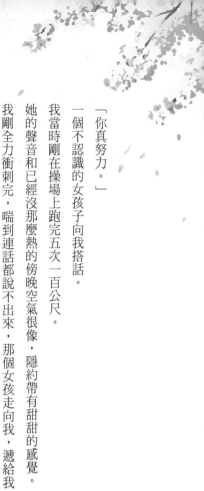

即使如此，我的心跳還是比平常快了一點。

剛跑完後總會這樣，連呼吸都覺得痛苦又吃力，心跳也快到發疼。自從加入田徑社後，我已經體驗過幾百、幾千次這種感覺，但不知為何，這次似乎和平常有點不同，非常奇怪。

然而，我無法具體說出是哪裡奇怪。

這就是所謂的曖昧不清吧。

「那我就不客氣了，謝啦。」

女孩滿意地點頭，說了聲「請用」。

「我叫椎名由希，請多指教。」

「啊，妳好。我叫瀨川春由。」

我報上名號後，椎名同學就在嘴裡嘟囔著「春由春由」……

「好，從今天開始，就叫你小由吧。」

並突然如此宣告。

「不是叫阿春？」

「你不喜歡嗎？」

「沒這回事，只是從來沒有人這麼叫過我，讓我有點驚訝而已。」

「這樣不是很好嗎？這是我專屬的稱呼方式。吶，你直接叫我由希吧。」

「由希同學？」

「不用加同學啦，叫由希就好。」

「那我就不客套了。由希，我有件事想問妳。」

這時由希突然將視線從我身上移開，看向附近的足球社社員。她似乎發現他們從剛才開始就在偷瞄自己。

「什麼事？」

「妳不是我們國中的學生吧？」

「……真虧你看得出來。」

因為由希突然看過去，足球社的人慌張地重新開始練習。傳球！是！跑起來！是！再來是小型比賽！是！他們響亮的聲音在操場上迴響。

「他們是小由的朋友嗎？」

「與其說是朋友，不如說是學弟吧。我們平常沒什麼交集。畢竟我是田徑社的人，跟我交情比較好的同年級足球社成員，不久前全都引退了。畢竟現在是三年級。」

他們現在應該不是在踢足球，而是在有冷氣的房間裡讀教科書吧。應屆考生——和三年級生相比，這個名詞給人的感覺討厭多了。

學校正在放暑假。

足以將一切都染成白色的夏日強烈陽光，讓我瞇起眼睛。

前方飄著一朵長得像霜淇淋的積雨雲。

熱氣使得操場看起來像在搖晃。

從某處傳來的蟬鳴，讓人覺得氣溫又變得更高了。

「然後呢？」

「什麼意思？」

「你怎麼知道我不是這間學校的學生？」

「啊，這很簡單。因為我對妳沒印象。」

「小由記得全校學生的長相嗎？」

由希驚訝地問道，但當然不可能是這樣。

別說是全校學生了，就連同年級裡都有我不認識的人。只是如果由希和我同校，我不可能不知道她這個人。

理由很簡單。

白皙的肌膚、像棉花糖般蓬鬆的短鮑伯頭、向上捲的睫毛，以及深邃的黑色眼眸。她是我見過最特別的女孩子。

如果學校裡有這種女孩子，一定從入學時起就會掀起騷動。

畢竟確認有沒有可愛的女孩子，是包含我在內所有男學生的必修科目。

但我也無法理直氣壯地說出這種理由，所以只好敷衍地說「差不多就是這樣」。

「唉，真失敗。虧我還特地裝成在校生。」

「不用擔心，我不會向老師告狀啦。」

由希踢開腳邊的石子。石頭彈跳了幾下，在離我們約兩公尺的地方停住。她沒有刻意走到那裡再踢一次。

「呃，我不是這個意思啦。讓小由以為我是同一間學校的同學，會比較開心吧？」

「為什麼？」

「嗯，原來你無法理解啊。」

過不久，下午三點的鐘聲響起。

「你差不多該繼續跑了吧？」

由希握住我掛在脖子上的毛巾尾端，將毛巾拉了下來。少了毛巾，讓我覺得脖子周圍變涼快了一點。

「我洗好再還妳。」

「不用在意啦。」

由希揮手替我送行，讓我無法繼續堅持下去。我再次向她道謝後，就回到起跑地點。

站上起跑線之後，我一如往常地吐了口氣。一道像用剃刀切割出來的人影一直緊貼在眼前。我瞪向那傢伙。無論我再怎麼拚命跑，他都能輕鬆跑在我前面，絕對不會讓我追上。這簡直是一場惡夢。然而，為什麼我還在繼續跑呢？

「吶。」

不知不覺間已經機靈地移動到樹蔭底下的由希向我問道：

「田徑社的三年級生應該也都引退了吧，為什麼小由還在繼續跑？」

選在這時候問，簡直就像是看穿了我的內心。

我用笑容代替回答，然後將手輕輕放在起跑線上，擺出蹲踞式起跑的姿勢。地面在吸收大量來自太陽的熱量後，燙到彷彿能燙傷皮膚，輕輕刺痛指尖。我在心裡低喃「預備」、「開始」，然後全力衝了出去。

這件事發生在國中三年級的夏天。

我就這樣與椎名由希相遇了。

❀

我並不是從以前就喜歡跑步。

小學的運動會，我通常是跑第二或第三。如果是輸給跑得很快的人才拿第二名，那還能感到自豪，但運動會的短跑都是讓速度差不多快的人一起跑，所以不管怎麼說，這個結果就是我的全力了。

我之所以會加入田徑社，是因為遇見了一個姓竹下的同班同學。

竹下在升國中後第一次換位子時，被分到我隔壁的座位，並且和我一樣穿不慣新制服。

「接下來每天都得穿這玩意兒啊。你不覺得這根本是地獄嗎？」

我非常能體會這種每天都會忍不住摸衣領好幾次的感覺。

我們直到幾個星期前，都還只穿重視機能性又方便活動的輕便衣服，所以覺得制服又重又拘束，再來就是莫名地有點難為情。

「真的很想早點脫掉呢。」

我一表示贊同，竹下就瞬間睜大眼睛，以莫名讓人覺得親近的表情笑了。

當了六年的學生後，多少會培養出一點直覺——嗯，感覺我和這傢伙能成為朋友。

竹下伸出手說「請多指教」，我也回握他的手。

他從小學就開始加入田徑社，明明平常沉默寡言，但只要一扯到社團活動時，就會變得多話。

在最後的大賽贏過勁敵，夏季集訓的回憶，因為怕熱不怕冷而在冬天練習時吃了不少苦頭，還有認識許多學長姊等等。

雖然我對田徑沒有興趣，但還是曾在竹下的邀約下去參觀過田徑社一次。

竹下跑得很快。

如果只看一百公尺短跑，在社團內就連三年級生都不是他的對手。

讓人難以想像他是個國文考試只考十三分這種不得了的分數，直到前一個小時還在拚命煩惱該如何銷毀考卷，甚至說出「燒掉會很不妙吧」這種蠢話的男生。

竹下跑步的樣子，可以說是帥得不得了。

隔天，我去提交入社申請書時，竹下非常開心地歡迎我。

他有些得意地說：「比想像中有趣對吧。」

「對啊。」我也點頭回答。因為實在太難為情，所以我沒說出真正的理由。哎，大家都是男孩子，不需要特地把所有事都說出來。

參加新人賽時，和表現悽慘的我不同，竹下站上頒獎臺的最頂端。他的表現勢如破竹，明明是一年級生，卻輕鬆突破地區預賽，在縣大賽時也是進了決賽後才輸掉。

進入決賽後，多的是像竹下這種等級的選手，所以本來就很難取勝，但這樣的結果，讓人非常期待他一年後或兩年後的表現。我還記得比起傻笑地說著「哎，大概就這樣吧」的竹下，替他加油的學長姊表現得更加悔恨。

三年級引退的那天，學長姊主要都是在向竹下喊話。「加油啊」、「你一定能夠參加全國大賽」。學長姊流著眼淚替竹下加油打氣，竹下也用力點頭回應。

然而才剛進入第二學期，竹下馬上就乾脆地辭掉了社團。

竹下原本就對田徑沒興趣。

他的目標是從同一間小學畢業，比他年長兩歲的學姊。

竹下喜歡她。

從結論來說，他的戀情並未實現。

因為在引退儀式結束後，副社長與竹下喜歡的學妹向大家報告他們開始交往了。

雖然是一年級生，但在社團裡跑最快的竹下，輸給了雖然是三年級生，但在社團裡跑最慢的學長。嗯，沒錯，那傢伙輸了。即使如此，竹下仍不斷傻笑。他用微微顫抖的聲音恭喜兩人。仔細想想，竹下在縣大賽中落敗，笑著說「哎，大概就這樣吧」時的聲音，或許也在顫抖。

他去交退社申請書時，我曾經問過他。

我到現在還不曉得自己當時為何會這麼情緒化，但我就是無法接受。

「喂，竹下，這樣真的好嗎？你根本連擂臺都還沒站上去吧？」

竹下只是一如往常地傻笑。

「就這樣輸下去沒關係嗎？」

我焦躁地大喊。

周圍的同學都嚇了一跳，好奇地看向我。大家開始竊竊私語。我平常應該會很在意這種事，但當時的我對此視若無睹。那些都只是雜音。我想聽的不是那些聲音，而是眼前這個同班同學、社團夥伴兼朋友的真心話。

但竹下依然只是傻笑，沒有發表任何意見就離開了。

我已經無法從竹下的背影找到過去憧憬的那個身影了。他現在的背影，就和以前只考十三分時一樣。那並非勝利者，而是敗者的背影。

在那之後，又過了兩年。

我依然持續參加社團活動。以我來說算是夠努力了。花了兩年的時間，我總算抵達竹下一年級時拚命奔跑的場所。我像曾經憧憬過的男生那樣，將手指放在起跑線上。承受體重的指尖開始變紅。

信號槍一響，我就用力蹬向大地。

拚命地跑。

所以就算後來被淘汰，我也不覺得後悔。

畢竟身為凡人的我，已經晉級到縣大賽的決賽了，這樣就夠了吧。沒錯，這樣就夠了。

但不知為何，我的內心深處還是無法釋懷。

我氣喘吁吁，汗水接連不斷地流過臉頰與脖子。強烈的陽光讓我瞇起眼睛，吸了大量炎熱的空氣後，我看向計時器。

這是我跑得最好的一次。

也是最好的紀錄。

即使如此，還是慢竹下的紀錄零點一秒。

❀

隔天，以及再隔天，由希也都有來，而且還帶著運動飲料或冰淇淋。原本拜託學弟握的計時碼錶，不知從何時起換到由希手中。

「預備～」

由希宣告。

我將力量集中在腳上。

「開始。」

然後在她喊出這句話的同時衝了出去。

這次的起跑感覺還不錯。我逐漸抬起一開始前傾的身體。身體好輕，跨出去的腳步也夠大。踩踏地面的力道將身體往前送。我揮動手臂。由希的身影變得愈來愈大，身體各處熱到接近發疼。

我不斷短促地呼吸，將氧氣送到肺部。

最後衝刺。

我咬緊牙關。

然後瞪向眼前的人影，努力想要追上他。

衝過由希旁邊時，我隱約聽見碼錶停止計時的聲音。

這裡已經是終點的另一端。

不曉得我到底有沒有達成自己期望的目標。

我緩緩放慢速度，停下腳步，將手放在膝蓋上撐住身體。感覺全身上下都在不停流汗。

啊，可惡，好累。

「呼……呼……呼。成績如何？」

「雖然只差一點點，但沒有刷新個人紀錄。」

「啊～還是不行啊。」

我已經連站著的力氣都沒有，直接癱倒在地上。有土的味道，這是被陽光照射過，夏天特有的味道。雖然衣服和沙土都被汗水黏在背上，但我不想管了。藍色天空，白色的世界，強烈的陽光照射肌膚。

渴求氧氣的身體大口吸氣，心臟也跳得飛快。胸口起起伏伏，身體使不上力氣，彷彿肉體和靈魂已經分離。

「好熱。」

我開口低喃，幾乎就在同一時間，一道影子遮住我的臉龐。

「辛苦了，稍微休息一下吧。」

是由希。

她手上拿著瓶裝的運動飲料和茶，問我想喝哪一種，所以我選了運動飲料。道完謝後，我坐起上半身，收下保特瓶。

瓶蓋事先就已經被貼心地打開，讓我能夠直接對著瓶口喝，我就這樣一口氣喝掉大約半瓶。

由希小心不讓臀部碰到地面，巧妙地蹲下，然後反覆旋轉著保特瓶的瓶蓋。她像是在注視太陽般瞇著眼睛開口說道：

「真有男孩子的感覺呢。」

我再次將保特瓶抵到嘴邊，但這次喝得比較慢。從喉嚨嚥下去的冰涼液體，逐漸流到身體中心。

「居然像那樣躺在地上，你都不在意衣服或頭髮被弄髒呢。」

「這很正常吧。」

「正常嗎？」

「該不會很髒吧？」

「沒什麼關係吧，我覺得很帥氣喔。」

我突然想起今天早上看電視時，天氣預報的大姊姊曾說過今天會比昨天熱的事。我喝光運動飲料，站了起來。

「我去洗把臉，由希去陰影底下休息吧。」

不知為何，感覺喉嚨變得比剛才還渴了。

我刻意走到比較少人去的中庭，使用那裡的水龍頭。

雖然用水沖頭降溫會讓溼掉的頭髮變重，但還是清爽了不少。我順便草率地洗了臉，摻有汗水的水流進嘴裡，帶著一股鹹味。最後漱完口，我就離開了水龍頭。

我撥開溼掉後黏在一起的頭髮，走進校舍的陰影裡休息，然後忍不住嘆了口氣。

一靠在牆上閉起眼睛，腦中就浮現出由希的笑容。由希稱讚我很帥氣的聲音在耳朵深處不斷響起。雖然每次都讓我感到幸福，但同時也感到難過。

我明明必須專心在跑步上，為什麼會變成這樣？

我還是第一次產生這種感情，只有臉到現在還很燙。

過了一會兒，我睜開眼睛，發現一個熟悉的人影經過我的眼前。那個人的表情非常消沉——雖然只是和平常相比。她在夏季大賽表現得非常傑出，現在是全校最有名的人物。是游泳社的龍膽朱音。

「咦，朱音，妳在幹什麼？」

朱音一透過聲音發現我在這裡，表情就立刻為之一變。她瞬間將剛才散發的陰暗氣氛收進內心深處，表現得幾乎像平常一樣開朗。

「嗯？哦，是阿春啊。我只是稍微休息一下。我把東西忘在教室裡，正要去拿呢。」

雖然她刻意發出笑聲，但那明顯是謊言。正常來講，不可能穿成那樣走進校舍。

朱音身上現在只穿著學校指定的學生泳裝。

因為無論機能性或設計都糟糕透頂，所以不論男女都討厭那套泳裝。本來應該是深藍色的泳裝在吸了水後變成黑色。她的頭髮和身體都是溼的，甚至沒用毛巾擦過。朱音留的是短髮，水不斷從她的髮梢滴落到身上，順著她的肌膚往下滑。

「發生什麼事了？」

「……不，沒什麼。」

「這樣啊。那如果遇到什麼問題就來找我商量吧。我至少可以聽妳說話。喂，妳那是什麼表情？」

朱音表示自己嚇了一跳。

「沒想到居然能從阿春嘴裡聽見這種話。」

這臺詞確實有點不太符合我平常的形象。

「畢竟現在是夏天，所以我可能有點失常。沒事，抱歉，當我沒說吧。」

「不用那麼害羞吧。不過說得也是，那我就恭敬不如從命了。」

朱音改變前進方向，走到我旁邊。

我們之間的距離非常微妙，只要伸出手就能碰到彼此，但不伸手就碰不到。從朱音身上傳來氯……不對，游泳池的味道。

朱音和我一樣把背靠在牆上，然後不意外地也和我一樣嘆了口氣。「啊，好涼。」她自言自語似的嘟囔著，然後用力吸了口氣。我本來以為朱音會接著開口，但她就這樣沉默了一會兒。

某處傳來管樂團的演奏聲。我試著尋找聲音的來源，然後發現有兩位女同學在二樓走廊的窗戶那裡吹小號。從被舉得高高的喇叭裡發出的聲音，響徹夏季的藍天。

朱音一直等到演奏告一段落後，才總算開口：

「話雖如此，其實也不是真的發生了什麼事，只是變得不像以前那麼有幹勁。我在最後的大賽打進全國賽，還刷新了自己的最高紀錄，所以有種燃燒殆盡的感覺。今天也是因為老師拜託我指導學弟妹，才會來參加社團活動。總覺得——」

無法像以前那樣游泳。

朱音最後那段話，小聲到幾乎聽不清楚。

雖然朱音這麼說，但我還是輕聲對她說了句「沒問題啦」。朱音看向我，我則是繼續注視著那兩個管樂團的同學。她們還沒重新開始演奏。

「因為即使如此，朱音還是在繼續游泳吧。」

「這已經是習慣了，就跟刷牙一樣。如果不做會覺得不舒服。」

「嗯。所以妳的燈火還在。雖然變弱後可能比較難感覺到，但還沒有熄滅。不管要我說幾次都行，朱音絕對沒問題，妳一定還能走得更遠。」

因為朱音和我或竹下不同。

她對游泳的態度真的非常認真。

但我沒有將後面這兩句話說出口。

「……阿春，感覺你變了呢。」

我一問她是哪裡變了，朱音就表示我以前不是會說這種話的人。

「如果是以前的阿春，除非是我已經發現你，否則你根本就不會向我搭話。我都不曉得被你忽視幾次了。即使和大家一起行動，你也會保持距離觀察大家，然後帶著虛假的笑容，說些無關緊要的話題。但剛才那些話不同，我知道那是阿春的真心話。這可能是你第一次說出心裡的話。所以，呵呵，我有點開心呢。」

「都是夏天的錯。天氣太熱害我腦袋變得不清楚，所以才說了奇怪的話。對不起。」

「我就說不用那麼害羞了。嗯，不過，好吧。既然阿春都這樣掛保證了，我也試著再努力一下吧。啊，對了。既然你都陪我商量了，可以再拜託你一件事嗎？」

「只要是在我的能力範圍之內。」

「可以替我加油嗎？我這個人很單純，大概只要這樣就能更加努力。」

「這樣就行了嗎，其他人也替妳加油過很多次了吧？」

「不對，不一樣。你不用管其他人啦。總之，拜託你了。」

「我知道了。加油。」

朱音閉上眼睛，像是要把所有精神都集中在耳朵上。

「嗯。」

「加油。」

「嗯。」

「加油，朱音。」

「嗯，我會加油。」

朱音輕輕睜開眼睛後，已經變回平常那個受歡迎的同學。眼前這個開朗、溫柔、笨拙又極為直率的女孩，看起來就像夏天的太陽般耀眼。

只要一看她，就會忍不住想要瞇起眼睛。

原本從我左邊走過來的朱音，在我面前繞了個大彎，重新折了回去。

就在朱音的身影看起來稍微變小時，她不知為何轉向這裡。因為朱音已經走出陰影處，所以強烈的白光將她身上的水滴照得閃閃發亮。

「喂，我會好好加油。」

然後，她朝我伸出拳頭。

「所以阿春也要加油喔。」

「啊，原來如此。」

我忍不住像這樣低喃。

她說得沒錯。

雖然心裡有點發癢，但同時也感到暢快。

「怎麼了？」

「沒事，只是覺得這樣確實會讓人想努力。」

朱音的臉因為我的回答而稍微變紅，她得意地說道：

「對吧？」

和朱音談過後，我總算恢復冷靜，但一回到操場就再次陷入慌亂。

由希人在操場旁邊的某棵大樹下。

她正在和別人講話。

對方是個長相帥氣的少年。雖然以男生來說，他留的頭髮有點太長，但還是非常好看。那個人穿著足球社的制服，印象中是叫澤近。跟我同班的佐竹在三個月前曾跟我炫耀他們找到一個跑得很快的邊後衛。

在不遠處，有幾個足球社的人在觀察由希他們的狀況。我和其中一人對上視線後，那群人就慌張地散開了。

我大致掌握了情況。由希似乎遇到了類似搭訕的狀況。她長得非常漂亮，所以這也很正常。

問題是要怎麼處理。該怎麼做才是正確的？

此時，我突然察覺一件事。

我剛才到底想做什麼？

這個疑問讓我覺得有點好笑。

看來這炎熱的天氣真的讓我變得不太對勁。太不像我了。但感覺還不壞。這樣其實也不錯呢。

我一走向正在說話的兩人，就被由希發現，她立刻跑來找我。

「怎麼了？」

「事情變得有點麻煩。」

在我們談話的期間，澤近也過來了。由希見狀，立刻躲到我的背後，我則是代替她往前走了一步。

光是這樣，就讓澤近把原本想說的話又吞了回去。不對，應該說他只能閉嘴。

對體育類社團來說，學長的存在就像神一樣。實際上，澤近也是趁我不在時才去向由希搭話。他大概一直在等待時機吧。

我露出親切的笑容，對澤近說道：

「你是澤近吧。三年級離開後，社團活動應該很辛苦吧，佐竹偶爾還會去露臉嗎？」

其實講什麼都無所謂，只要能讓他知道我認識足球社的前任隊長佐竹就行了。

澤近有確實聽出我的話中之意，所以儘管覺得不甘心，他還是好好向我行了個禮，回去找其他社團的夥伴。

那天的練習就這樣結束了。

由希平常都是趁我回社團教室換衣服時離開，但她今天站在正門前面仰望天空。太陽逐漸下山，雲朵反射橘色的光輝，整片天空都被染成紅色。傾斜的日光拉長了由希的影子。和白天時相比，她現在的輪廓多了一絲曖昧與纖弱。彷彿只要一移開視線，她就會消失不見。

「咦，怎麼了嗎？」

我一向由希搭話，她就將臉轉向這裡。明亮的頭髮表面籠罩著一層光芒。她的笑容非常美麗。這是我有生以來，第一次覺得人的笑容這麼美麗。

「因為受到你的幫助，所以我想回禮。我們去便利商店吧，我請你吃冰。」

「不用了啦，又不是什麼大不了的事。」

「我是因為覺得開心才想回報你。不行嗎？」

「也不是不行。」

「那就走吧。」

由希沒等我回答，就離開校門。我追著她的背影，走到她的旁邊。

兩道人影一同搖晃，但一直都沒有重疊。我們之間隔著一個人的距離。我隨口說出的話感覺有點卑微，這是為什麼呢？

「由希果然很受歡迎呢。」

「才沒有這種事。」

「但妳今天不是被澤近搭訕了嗎？」

「啊，原來那個人叫澤近啊。」

「他沒把名字告訴妳嗎？」

「……我忘了。而且他一定是因為有小由在，才會來搭訕我。」

「不對，他是趁我不在時去找妳搭話的吧？」

「我不是這個意思。當我真的一個人獨處時，根本就不會有人來向我搭話。我知道會有人看我，但那時候的我，一定不是人類吧。」

由希嘟囔著「我是孤獨一人」。她的聲音聽起來有點寂寞。

她的孤獨讓我也跟著感到寂寞。

「我不在的時候，妳會變成怪獸嗎？」

所以我刻意跟她開玩笑。就算她生氣、傻眼，或是把我當成笨蛋也沒關係。

只要能讓她的表情不再悲傷就好。

我希望能將由希的悲傷與孤獨都丟得遠遠的。因為由希現在並不是一個人，她的身邊明明還有我在。

由希瞬間愣住，然後「啊哈哈哈」地笑了。

她的悲傷如我所願，被丟到遠方了。

「沒錯，我會變成怪獸噴火。」

由希刻意張大嘴巴，吊起眼睛，發出「嘎啊啊啊」的叫聲。她的樣子一點魄力也沒有，看起來根本就無法摧毀城鎮。我繼續開玩笑地說道：

「妳會摧毀城鎮？」

「那還用說。」

「會和英雄戰鬥？」

「當然。」

「所以只有和我在一起時，會變回人類？」

「沒錯。」

「為什麼？」

由希停止回答，我再次問道：

「為什麼只有和我在一起時會這樣？」

由希用開玩笑的語氣回答：

「因為小由是個怪人。」

「啊？」

「意思是就只有小由這個怪人會來向我搭話啦。」

雖然我差點順著話題點頭，但仔細回想過後，還是沒有印象。明明就是由希主動先來向我搭話的。

「等等，最早是由希先來找我攀談的吧。」

「是這樣嗎？」

「妳不是在我練習時，對我說了『你真努力』嗎？」

「啊，便利商店到了。快點進去吧。」

話才講到一半，由希就牽著我的手踏出腳步，兩道人影連在一起。由希的手感覺有點冰冷，冷到讓人擔心她的手會不會被體溫變得比平常高的我給融化。

我們在便利商店買完冰後，一起在停車場的陰影處坐下。我立刻撕開包裝，咬了一口藍色的冰棒。牙齒一咬破薄薄的表層，充滿甜味的冰就露了出來。就是這樣才好吃。我用力咬碎冰棒，伴隨著紮實的口感，嘴裡響起清脆的聲音。

「真的選這個就好嗎?明明可以選更貴的。」

「我喜歡這個。」

「哎,確實是很好吃啦。」

現在已經是傍晚,有許多人經過便利商店前面。

例如帶狗出來散步的大姊姊,或是用耳機把耳朵完全蓋住的高中生;那個走路很快的西裝大叔大概是又要趕回公司吧;兩名少年一面大聲講話,一面騎腳踏車回家。

「我說小由啊。」

由希如此低喃,她在早就把冰吃完的我旁邊,舔著逐漸融化的冰棒。

一發現我在看,由希就害羞地表示自己不擅長吃這種冰。

我知道由希想說的是其他事,所以慢慢等她把冰吃完。過了一會兒,和我一樣將冰棒棍叼在嘴裡的由希,接著說道:

「你是在和誰比賽?」

「咦?」

「你有想贏的人吧?」

她的聲音裡充滿確信。

「看得出來嗎?」

「嗯，大概看得出來。畢竟我一直在注視你。」

「一直？」

「真的是一直喔。」

我發出敷衍的笑聲，反問她到底在說什麼，但由希沒有笑，只是一直盯著我看。

我的乾笑聲被夏天的空氣吸收，然後愈變愈小，最後徹底消散。我看向變得破破爛爛的鞋尖，受損的鞋尖突然變得扭曲。我嚇了一跳。視野內的一切，我所看見的整個世界的輪廓都變得模糊，不斷晃動。

不知為何，我一下就說出原本不打算告訴任何人的事。

我還以為自己早就整理好心情並放下了。

經過喉嚨，從嘴巴裡吐出的那些話毫無脈絡可循，只是一堆支離破碎的隻字片語。

我有個叫竹下的朋友。

他跑得很快。

那傢伙有個憧憬的學姊。

那段戀情沒有實現。

最後他乾脆地捨棄了田徑。

我的聲音和身體都在顫抖，視野也持續晃動。感情不斷從嘴巴裡流洩出來，淚水在停車場上滴出黑色的痕跡。正因為已經化為言語，那些炙熱又尖銳的感情，才會持續刺傷我心裡柔軟的部分。

講完這些話後，不曉得又過了多久。兩分鐘，還是三分鐘？

「所以你才會像那樣跑步啊。」

由希低喃道。

「什麼意思？」

「小由總是全力衝刺，但那並非萬全的狀態。一定是因為你對竹下的憧憬太強烈，所以才會總是差一步。原來如此。我總算知道自己能做什麼了。」

我用手背用力擦了一下眼睛後，重新抬起頭。世界在不知不覺間已經被染上一層夜色，站著的由希背後有許多微弱的光芒在閃爍。她不論白天、傍晚還是晚上，都是如此美麗。

「吶，我想跟你確認一件事。小由，你真的想超越竹下的紀錄嗎？」

「我就是為了這個目的在跑。」

「真不坦率。不管是有想要的東西，還是想贏，都要好好地說出來啦。」

「……」

「來，說說看吧。」

「我想贏，我想贏過竹下。」

「嗯，很好。那我就讓你贏吧。」

由希拿走我手上的冰棒棍，換上自己的冰棒棍。上面寫著「再來一枝」。我第一次看見中獎的冰棒棍，原來真的有這種東西，我還以為是都市傳說呢。

「你運氣真好，看來小由身邊有幸運女神跟著呢。」

由希笑著說道，明明是自己說的話，她卻馬上害羞地將臉別開。我從背後也能看出她的耳朵有點紅。

隔天突然下了場豪雨，讓我沒辦法去學校。

再隔天的操場狀況非常差，實在沒辦法跑步，從那個吃冰的傍晚算起過了三天後，我才總算再次見到由希。

我做完熱身並稍微跑了一會兒後，由希就一如往常地來了。我一看見由希就整個人僵住。相較之下，她本人則是若無其事地舉起手，向我打招呼。

「今天好像會是今年最熱的一天喔。」

由希如此說道。

「呃，這是無所謂啦。倒是妳那身打扮是怎麼回事？」

我指向由希身上穿的衣服。她不知為何和我一樣穿著學校指定的運動服。白色的上衣太薄，讓人隱約能看見內衣的顏色和輪廓。我知道不可以看，但視線還是會不自覺地飄向那裡。

「我買的。」

「為什麼要這麼做？」

「因為今天可能會弄髒。」

「我想問的不是這個，而是妳為什麼要特地買我們學校的運動服？」

「這樣在校園內行動時比較不會被人懷疑吧。比起這個，你準備好了嗎？」

雖然感覺事到如今才在意這種事也太晚了，但由希看起來很高興，所以我也不再追究，單純點頭回應。多虧之前那場出乎意料的雨，我不僅有好好休息，身體狀況也很好。之前在縣大賽上打破自己紀錄時，好像也是這種感覺。

「但我真的能夠贏過竹下嗎？」

「嗯，沒問題。小由只要像平常那樣全力奔跑，並且相信我，看著我就行了。很簡單吧？」

由希莫名地充滿自信，我用自己的拳頭輕輕碰了一下她伸出的拳頭作為回應。然後由希前往終點，我則是前往起跑線。

我一如往常地閉上眼睛，反覆在腦中想像最棒的起跑畫面，同時伸展手腳和拉筋。我將手放在於體內激烈跳動的心臟上面，緩緩呼吸，讓夏天的空氣大量進入肺裡。

最後，我睜開眼睛。

藍色天空、白色的陽光，以及站在終點旁邊的由希依序映入眼簾。

心臟在不知不覺間平靜下來。

我站上起跑線，準備起跑。由希舉起手。我看向前方。

「預備～」

所有聲音都消失了。

「開始。」

只有這道聲音傳進我的耳裡。

我衝了出去。這次的起跑無可挑剔。我在身體前傾的情況下往前衝，等加速完畢後才抬起上半身。風與周圍的景色朝後方流逝，身體以從未體驗過的速度持續前進。

十公尺，二十公尺。我大口喘氣，腳尖用力蹬地。

三十公尺，四十公尺。這次或許真的能成功。

超過五十公尺時，我瞪向一如往常地跑在我前面的人影。

那是絕對無法超越的人影。

我一直將那道人影看成竹下，不過——

「小──由──把臉抬起來啊────!」

由希大聲呼喚我。

或許是不習慣大吼，她的聲音聽起來有點變調。

我按照她的指示把臉抬起來，看向終點。由希在那裡。她漲紅著臉大喊：

「看前面啊────!」

那是怎樣?由希到底在幹什麼?

我忍不住笑了。

「我在這裡。」

她張開雙手，持續大喊。

「衝過來啊────!」

由希說我只要相信她，看著她就行了。

所以我相信由希。

專心看著由希。

沒錯，這是非常簡單的事。因為──

我每踏出一步，就能更加靠近由希。然而，我還是希望自己能變得更快。我想早一點抵達由希身邊，就算只快一秒，或只快一瞬間也好。必須要再更快。

由希就在世界的中心。

除此以外，我什麼都看不見。

一步，兩步，三步。速度絕對沒有慢下來，反而還在加快。

我用力踏出最後的一步，然後按照由希的指示，衝入她的懷裡。現在明明是夏天，卻聞得到春天的甜美香味。那是櫻花的味道。

我突然聽見碼錶停止的聲音，與此同時，世界翻轉了一圈。只有自己少根筋的「咦？」一聲仍殘留在耳朵裡。

等我回過神時，我已經仰躺在地上了。由希環抱住我的脖子，騎在我身上。大概是撞到地面前扭轉身體，把我墊在底下了吧。

「好痛。」

明明撞到的應該是背，卻覺得全身都痛。我開始咳嗽，感覺無法呼吸。由希在我痛苦掙扎時鬆開了手，看起來一點都不擔心我。她只顧著看自己的手掌。我本來以為她會抱住我，將我攔下來，所以忍不住喊道：

「妳幹什麼啊，害我的背撞得好痛。」

但由希根本就不在意我說的話，滿臉笑容地伸出手掌給我看。

「你看這個。」

我搞不懂她在說什麼。現在的重點是我的背很痛，還有從腹部那裡傳來的由希屁股的觸感。或許是因為我沒什麼反應，由希鬧彆扭似的噘起嘴巴。

「你可以再更高興一點吧？」

「咦？為什麼？」

「時間。你好好看啦。」

我花了約十秒的時間，才聽懂她在說什麼。然後我又花了五秒，接受眼前的現實。我仔細看著由希手上的碼錶顯示的時間。

這是我一百公尺的新紀錄。

而且超過了竹下的紀錄。

「為什麼？」

我突然流下眼淚。從眼睛深處，滲出由希的笑容與時間的紀錄。啊，已經看不清楚了。

「我覺得小由的實力早就已經超越竹下了。只是因為你對他的憧憬太強烈，所以跑步時才會不自覺地保留實力。只要跑到離終點短於五十公尺的地方，你就會突然低頭，害得速度稍微變慢。明明只要繼續看著前面跑就好，你卻沒那麼做。不對，應該是沒辦法那麼做吧。因為你害怕一直跑在你前面的竹下會從你面前消失。小由真的很憧憬竹下呢。」

我用手遮住眼睛，咬緊牙關。如果不這麼做，感覺會不小心吐露太多事。更重要的是，我不想讓由希看見我現在的表情。

「他真的是個厲害的人。如果他現在仍在練田徑，一定會快到我完全比不上的程度。我好想看到那樣的他。沒錯，我想見識跑得比以前的竹下還要快的竹下。」

不過，這一切都只是幻想。

我自己也很清楚。像這樣努力、祈願，甚至拜託由希幫忙才抵達的終點前方，根本就沒有我所期望的東西。即使如此——

由希拉開我的手，用她細長的拇指擦掉我眼眶裡的眼淚。先是右眼，然後是左眼，即使我馬上又流出新的眼淚，她還是會繼續幫我擦掉。

視野變清晰後，我才看清楚自己抵達的場所。

「恭喜你，小由很努力了。」

那裡有由希。

還有這句話。

光是這樣，我的努力應該就已經充分獲得回報了。

回去時，我們再次繞去便利商店。

我一說要請由希吃冰當成回禮，她就毫不猶豫地挑了一個要價三百圓的杯裝冰淇淋。

呃，是沒什麼關係啦。我稍微猶豫了一下後，也選了和由希一樣的冰淇淋。由希挑的是草莓口味，我挑的是蘭姆葡萄乾。今天是要慶祝，稍微大手筆一點也沒關係吧。

我們一起在和之前一樣的地方坐下，然後在那裡發現蟬的屍體。

夏天即將結束。

由希盯著已經沒有生命的空殼，輕聲低喃：

「聽說蟬會在土裡待六年左右。」

「油蟬好像是那樣。我在書上看過，有些蟬甚至會在地底生活十七年呢。」

「嗯。然後牠們在地上生活一個星期就會死。這到底有什麼意義呢。」

「……牠們姑且還有繁衍子嗣這個任務吧。」

「雌蟬是這樣沒錯，但雄蟬不同。有時候一隻雄蟬會和好幾隻雌蟬交配，而雌蟬一生又只會交配一次，所以有些雄蟬無法留下自己的子嗣。那種雄蟬的一生也算是有意義嗎？」

由希的語氣感覺很深切，所以我也認真思考後才回答。

「生命的意義有很多種，我覺得不能輕易加以否定或肯定，但牠們一定也是拚命在生存才對。」

「光是拚命生存，並沒有什麼意義喔。」

「我不這麼覺得。是由希教會了我這點。只要拚命抵達某個地方，就算那裡沒有自己想要的事物，還是有可能發現其他事物。我自己也找到了。而且蟬實際上好像能活大約一個月。」

「騙人。」

「真的。好像是因為太難養，所以在被飼養的狀況下只能活約一個星期。雖然很多人因此產生誤會，但其實野生的蟬能活約一個月，電視上有播過。所以，牠們一定能夠找到些什麼。」

最後那句話只是一時的安慰。

是我為了讓由希笑所說出的廉價謊言。

坦白講，我根本就不在意蟬是怎麼活或怎麼死。即使如此，只要由希這麼希望，我就會全力祈禱，祈禱牠們的一生有所意義。

由希總算拿起杯子，開始吃起已經有點融化的冰淇淋。看著她一直說「好吃好吃」，我也跟著打開冰淇淋的蓋子。

「嗯？話說回來，小由最後到底找到了什麼？」

「祕密。」

再怎麼說都不能告訴她，所以我只能如此回答。

「但我一定一輩子都不會忘記這個夏天發生的事。」

即使今天變成過去，我變成大人，或是這一切變成已經褪色的遙遠回憶也一樣。

炎熱的夏天。

流過的汗水與眼淚。

冰的甜味。

櫻花的味道。

以及好不容易獲得的重要事物。

由希將塑膠湯匙塞進嘴裡，輕聲低喃。

在陰影的遮蔽下，我看不見她的表情。

但她的聲音聽起來有點像是在鬧彆扭。

——騙子。

春的香味

Contact.12

「不好意思，可以打擾你一下嗎？」

一個不認識的女孩子向我搭話。

我當時正在車站前面的小書店裡找喜歡作家的新書。

或許是在緊張，感覺她的聲音聽起來尖銳又僵硬。

「我想拿那本書，可以麻煩你幫忙嗎？」

她用纖細的指尖指向擺滿書的書架最上層。不過那裡神經質似的排滿各種顏色的封面，光用手指著，根本就不曉得是哪一本。

「是哪一本？」

「書背是淡藍色的那一本。」

「啊。」

我在發現那本書的同時，叫了一聲。

因為那就是我正在找的書。如她所言，在那個非新書區的書架上只有一本淡藍色的書。

「那裡有墊腳臺。」

少女沒有注意到我的狀況，用剛才指向書架的手指，指向放在旁邊的墊腳臺。我的視線也順著她的手指，從書架移向墊腳臺。

然後，我再次看向少女。

少女留的短髮稍微蓋住耳朵，外表非常可愛。她的身高應該和我差不多。不對，或許還稍微比我高一點。只要她有那個意思，應該可以自己拿那本書。

她之所以沒這麼做，是因為身上的服裝。

少女穿的是迷你裙。

如果穿這樣站到高處，裙子可能會不小心走光。原來如此，看來女孩子要注意的地方還真不少。

我按照她的指示移動墊腳臺，將手伸向那本淡藍色的書。因為我的身高不太夠，所以要稍微踮起腳。這麼做之後，我的指尖總算碰到那本封面看起來還很新的書。那是作者睽違兩年的新作，而且目前就在我的手裡，不過——

即使內心百感交集，我還是將總算拿到的書交給少女。

「謝謝。」

少女收下書後，珍惜地抱在懷裡。

「不客氣。妳喜歡那個作者的書嗎？」

「嗯。」

「其實我也一樣。」

雖然我盡可能表現得若無其事，但對方似乎還是聽出我的聲音有些不對勁。她的表情稍微蒙上一層陰影。

「你該不會也在找這本書吧？」

「我沒想到會放在那裡。」

「我也是因為找不到，才跑去問店員。然後店員告訴我應該還剩一本。」

「原來如此。只有一本啊，真遺憾。那我只好去其他書店找了。」

我笑著撒謊。

在來這裡之前，我早就已經把其他書店都找過了一遍。

結果全都沒有。

像我住的這種鄉下地方，除非是有「獲得某某獎肯定」、「確定將拍成電影」、「銷售量突破好幾萬本」之類的頭銜，否則即使是新書也幾乎不會進貨。我天真地以為只要在發售日當天去買，就不可能買不到，所以也沒預約。這一切都是我自己不好。

看來只能放棄了。

我沮喪地走向出口——

「等一下。」

但少女不知為何叫住了我。

「咦？」

「不介意的話，我可以把這本書借給你喔，雖然要等我先看完。」

「為什麼？」

「因為我喜歡書，所以能夠體會那種想早點看到書的心情。」

我一時不曉得該如何回答，她看向這樣的我，接著突然像是感到難為情般低下頭，補了一句：「呃，如果是我太多管閒事，那我道歉。」她現在的聲音也小到彷彿隨時會消失，可見她是鼓起多大的勇氣叫住我。

我突然感到胸口一熱，並自然地低下頭回答：

「不，謝謝妳。我很高興。我叫瀨川春由，請多指教。」

我的話讓她鬆了口氣，露出燦爛的笑容。

「嗯。瀨川同學，請多指教。我是椎名由希。」

這件事發生在國中二年級剛結束的春天。

我就這樣與椎名由希相遇了。

椎名同學說她有一間想去的咖啡廳，所以離開書店後，我們一同前往那裡。

我戰戰兢兢地推開木門，門上的鈴鐺跟著響了兩次。店裡靜靜地播放我平常沒在聽的古典音樂，並充滿了咖啡的香氣。

感覺是很成熟的空間。

只有這裡的時間，是以緩慢又非常溫柔的方式在流逝。

「歡迎光臨。哎呀，來了可愛的客人呢。」

店裡只有一個還很年輕，長得非常漂亮的大姊姊。除了我們以外，看不見其他客人的身影，那位大姊姊笑著說我們可以自己挑喜歡的位子坐。

我還在店裡四處張望時，椎名同學已經找了個採光良好的座位坐下，因此我連忙跟著坐到她對面。

微光從窗戶灑進屋內，三月的陽光還很溫暖。

我不自覺地打了個呵欠，然後連忙止住，椎名同學笑著說我的樣子很像貓。

「那麼該點些東西了。瀨川同學要點什麼？」

我看了一眼桌上的菜單後，拚命將自己驚訝的聲音吞了回去。

雖然品項不多，但價格都不便宜。一杯可樂就要四百五十圓，甚至還有要價一千圓的紅茶。到底誰會點這種東西？雖然我也不清楚，但大概是企業大老闆吧。

在這段期間，椎名同學熟練地點了黑咖啡，所以我也點了相同的東西。明明我根本就沒喝過咖啡。

「那麼，這是剛才提到的書。」

點完飲料後，椎名同學從包包裡拿出兩本書，將其中一本遞給我。

這不是剛才買的書，而是椎名同學原本就帶著的書。

從書店走到咖啡店的期間，我們一直在聊書，然後我問椎名同學有沒有什麼推薦作品。她剛好帶著這本書，所以就借給我了。反正我也要等她把書看完，這樣正好能夠打發時間。

「我覺得你應該會喜歡。」

「真令人期待。」

我在正式閱讀前，先稍微翻了一下，這時候咖啡剛好送到。伴隨著熱氣，咖啡散發出獨特又濃郁的香味。

「請慢用。」

那位大姊姊行了一禮後，就再次回到店內後方。她將一頭長髮綁在背後，那束頭髮看起來就像是在開心地左右搖晃。

雖然我並不是刻意去看，但椎名同學不知為何責備般的噘起嘴巴。

「你在看那位姊姊嗎？」

「咦？」

「你喜歡那種類型啊？」

「才不是那樣。呃，雖然我覺得她很漂亮。長頭髮真不錯呢，感覺很有女人味。」

「哦～你喜歡長頭髮啊。」

椎名同學摸著自己的髮梢，嘆了口氣。然後她熟練地拿起杯子，喝了口既沒加牛奶也沒加砂糖的咖啡。因為她的動作實在太過洗鍊，所以就連喝咖啡這種普通的動作都像一幅畫。

不過要加上一條註解，那就是「到目前為止是這樣」。

椎名同學緩緩喝了口咖啡，但她一將咖啡嚥下去，就立刻皺起眉頭，發出痛苦的呻吟。到底是怎麼了？

「好苦。這是什麼東西，沒想到會這麼苦。」

「咦？妳不是經常喝嗎？」

「其實我是第一次喝。」

「那還一開始就喝黑咖啡，也太有挑戰精神了吧。」

「因為在咖啡店看書的女性，給人的印象都是喝黑咖啡吧。」

椎名同學像是被人下了毒般不斷呻吟，將手伸向放在桌子旁邊的小瓶子，拿出兩塊砂糖放進黑色液體中。用湯匙攪拌過後，她重新喝了一小口，但還是再次皺起眉頭，又補放了一顆進去。

然後，椎名同學戰戰兢兢地喝下咖啡，這次她開心地點頭。

「這樣我就喝得下去了。」

其實剛才那個表現成熟的椎名同學讓我有點緊張，所以這讓我鬆了口氣。椎名同學嫌咖啡太苦不斷加砂糖的樣子，不管怎麼看都是個年紀和我差不多的女孩，一點都不會讓人覺得緊張。

「瀨川同學常喝咖啡嗎？」

「其實我也是第一次。」

我坦白回答後，椎名同學哈哈大笑。

「跟我一樣呢。要加砂糖嗎，還是要試著挑戰黑咖啡？」

「這個嘛。難得有這個機會，就挑戰看看好了。」

我模仿椎名同學，喝了口什麼都沒加的咖啡。又燙又苦的咖啡刺激著舌頭，讓我瞬間板起臉。舌頭有點麻麻的，似乎是燙傷了。我連忙喝了口水，用冰塊冰敷舌尖。

「怎麼了，果然很苦嗎？」

「燙到舌頭了。」

「瀨川同學意外地冒失呢。」

椎名同學說完後又啜飲了一口咖啡，然後再次皺起眉頭。她煩惱了一會兒後，也跟我一樣開始喝冰水。這次我很清楚發生了什麼事。她應該是跟我一樣燙到舌頭了。

「真冒失。」

我笑著這麼說後，椎名同學尷尬地含起了冰塊。

現在周圍只有翻書的聲音。我們一開始看書，咖啡店的大姊姊就關掉音樂，開始打起了瞌睡。她看起來睡得很香，臉上也掛著笑容，不曉得是不是做了好夢。

「喂。」

我聽見呼喚後抬起頭，發現椎名同學把書闔起來看向這裡。於是我也夾上書籤，跟著闔上書本。桌上的咖啡杯已經空了，旁邊的玻璃杯裡也只剩下不到半杯的水。

「怎麼了嗎？」

「你的名字怎麼寫啊？」

「為什麼突然問這個？」

「我只是有點在意。畢竟你的名字很稀奇。」

「該不會那本小說裡，有和名字有關的圈套吧？」

椎名同學整個身體震了一下，然後語氣僵硬地說：「沒有啦，才不是這樣喲。」她真是不會說謊，就連語尾的音調都變高了。

我稍微思考了一會兒後，用指尖去沾玻璃杯表面的水滴，將水滴移到桌上慢慢拉長。圓滾滾的水滴化為線條，而線條組合起來後，便成了文字。最後寫出不怎麼好看的「春由」。

「就是這樣寫。」

「哦。啊，真巧呢。」

椎名同學在「由」的後面加上一個「希」，組成「由希」。

「有一個字一樣呢。」

這似乎讓椎名同學覺得很開心。

我們像這樣一起看書，偶爾閒聊一下，點個蛋糕，不知不覺就過了將近五個小時。直到最後，都沒有除了我們以外的客人上門。

晚上氣溫大幅下降，五顏六色的燈光為城鎮蒙上一層光芒。

星星在天空中閃耀。

椎名同學告訴我幾顆星星的名字，但我一問那些星星在哪裡，她就說自己只知道名字而已。

我送椎名同學走到車站，她按照約定，在路上將那本淡藍色的書借給我。我低頭向她道謝。她回了句「不客氣」。精裝書特有的重量，現在反倒讓我感到欣喜。

「話說瀨川同學明天有空嗎？你還在放春假吧。」

「我上午要去參加田徑社的練習，但下午就沒什麼事。」

硬要說有什麼事的話，就是讀這本小說吧。

「那下午可以再見面嗎？我想跟你討論這本書的感想。」

我回想起今天明明只有和她一起看書和說話，卻覺得過得非常開心。因為我沒有立刻回答，椎名同學慌張地補充道：

「啊，可是你不用急著在明天之前看完。我們也可以聊瀨川同學今天看的書。該怎麼說才好，因為我覺得今天真的很開心。」

這是為什麼呢？知道椎名同學跟我抱持著相同的心情，讓我感到非常高興。

「好啊。那就明天見吧。」

「嗯。」

在我們互相道別時，椎名同學突然驚訝地指向天空。前陣子說話時會跟著吐出的白霧，已經不復存在。現在是春天，是開始的季節，同時也是離冬天最遠的時候。

「我知道那顆星星叫什麼。」

然後，她說出那個耀眼的橘色光輝的名字。

「大角星。在夏威夷被稱作荷庫雷亞（Hokulea）的歡愉之星。」

社團活動結束後，我走在走廊上，一陣響亮的腳步聲及一個圓鼓鼓的白色物體從我旁邊經過。學校正在放春假，這裡又是社團教室所在的獨立大樓，所以時間流動得特別緩慢，讓動作快的事物顯得格外引人注目。剛才那到底是什麼？

我邊走邊思考剛才瞄到的東西是什麼，但頭後面馬上傳來一陣強烈的衝擊。

「好痛。怎麼回事？」

「喂，阿春。」

接著某人呼喚我的名字，我對那個聲音有印象。

「朱音。妳怎麼可以突然打人。」

我轉身時一併講出犯人的名字，然後發現跟我同班的龍膽朱音正氣得鼓起臉頰，扠腰站在那裡。她右手提著一個白色塑膠袋。剛才的白色物體就是這個啊。裡面似乎塞滿了鋁箔包裝的飲料。

大概是給學弟妹的慰勞品吧。

我記得朱音從去年夏天開始擔任游泳社的社長。

「不對，剛才是阿春不好吧。」

「妳說我到底做了什麼？」

「問題就在於你什麼都沒做。和同班同學擦身而過時，至少也該打聲招呼吧。阿春有時候會像這樣表現得對什麼都漠不關心。這樣不太好喔。」

雖然感覺有點沒道理，但我的個性確實就像朱音說的那樣消極，所以決定乖乖低頭道歉。不是有句話叫「多一事不如少一事」嗎？

「對不起。我剛才在發呆，所以沒發現是朱音。」

「你的意思是我很沒有存在感嗎？虧我還有點期待你會主動向我搭話，把我的少女心還來。」

「我好驚訝。」

「驚訝什麼？」

「沒想到朱音居然有那種東西。」

啪嘰。

啊，我剛才好像聽見了理應不存在的聲音。

「你到底把我當成什麼了。」

朱音的眼角原本就有點往上挑，現在更是完全吊了起來，她使勁揮舞用雙手提著的凶器。雖然朱音身材苗條，但我知道她有透過游泳鍛鍊肌肉，也知道她的腕力比我強，所以這樣真的很危險。我拚命閃避，躲個不停。

「喂，這樣很危險，快住手。」

「給我閉嘴。」

「我知道了，是我不好。」

「你又知道什麼了。」

「呃，那個……」

「你根本就什麼都不知道。」

「不對，聽我說，對了。我知道朱音是個非常有魅力的女孩子。」

在我大喊的同時，鈍器擦過我的鼻尖。感覺心臟用力跳了一下，然後開始不斷輕微顫抖。身體瞬間起了一陣惡寒，然後立刻流出許多冷汗。

或許是我的拚勁傳達到了，朱音總算停止攻擊。

「唔。這麼輕易就說出這種話，反而讓人覺得缺乏誠意，感覺真討厭。」

「那妳到底想要我說什麼？」

「算了啦。期待阿春的我也有錯。就當作是雙方平手，各有損失吧。」

不對，只有我一個人吃到苦頭吧。我拚命吞下這句差點脫口而出的話。這樣明顯只會火上加油。誰會一直犯同樣的錯誤啊。

「話說你在這裡幹什麼？」

「也沒什麼，因為練習已經結束，所以我要去社團教室。妳呢？」

「大家在替社團教室進行大掃除，想在新生加入前好好收拾一下。你可以來幫忙喔。這樣我就請你喝飲料。」

「抱歉。我已經有約了。」

朱音一聽見我說的話，就皺起形狀姣好的眉毛。

「又有約了？你最近很難約喔？雖然嘴巴上這麼講，但你該不會又打算像之前那樣一個人跑去玩吧？」

「不對不對。我今天真的和別人有約。」

「哦～那就沒辦法了。真遺憾。不過稍微陪我一下啦。」

「我就說有事了。」

「不是要你幫忙打掃，只是要你陪我休息一下。不會占用你太多時間啦。畢竟我還得送飲料過去。既然你還能心不在焉地散步，表示應該沒那麼急吧？」

朱音說得沒錯。離約好的時間還有四十分鐘。

「哎，一下子是可以啦。」

「就這麼決定了。」

朱音彈了一下手指，將手上那堆飲料放到柱子旁邊。然後她開始一一打開走廊上那些原本關緊的窗戶。

每當朱音拉開透明玻璃，她的短髮就會隨風搖曳。或許是因為剛才大鬧了一番，她的臉頰變成了粉紅色。

「啊～風吹起來好舒服。」

「是啊。」

我也把臉探出同一扇窗戶，朱音露出奇怪的表情，輕輕呻吟了一聲。真是個沒禮貌的傢伙。她稍微跟我拉開距離，這舉動其實讓我滿受傷的。

為了盡可能治癒受傷的內心，我看向遠方的山脈。今天天氣不錯，所以能夠看得很遠。隱約還能看見一些粉紅色，大概是櫻花或梅花吧。

「學長姊不是都已經畢業了嗎？」

朱音說這句話時，手指不斷在離我有段距離的窗框上游移。

從她的聲音裡，完全感覺不到剛才的霸氣。

「是啊。」

「你不覺得許多事突然都變得很恐怖嗎？例如接下來的一年，或是更以後的事。我真的有辦法好好應付這些事嗎？」

原來朱音之所以叫住我，就是為了問這個啊。

但朱音找我商量這個就錯了。

我們確實都即將升上最高年級，並且同樣都是社團的社長。

只不過，朱音還多背負了全校的期待。她去年只差一步就能晉級全國大賽，所以她承受的沉重壓力，是我無法比較的。

我轉了個身，背靠在窗戶扶手上。我一將上半身往後仰，就發現被屋頂遮住一半的太陽。白色的光芒讓我瞇起眼睛。

我在心裡想著「真耀眼啊」。

讓我感到耀眼的不是太陽，而是朱音。

輸了當然會覺得悔恨。

不會這麼想的人，一定連選手都稱不上。之所以在挑戰前就感到害怕，是因為朱音擁有拚命累積的成果。

我就沒有那種東西。

沒問題，妳一定辦得到，我腦袋裡只想得出這些老套又安全的話。不過即使說這些空洞的話，也無法解決任何問題吧。

雖然我試著思考了一會兒——

唉，果然還是不行。

被遮住一半的太陽燒灼著我的肌膚。我一張開嘴巴，那些差點脫口而出的陳腐臺詞就被太陽給蒸發，讓我覺得莫名口渴。

嘴巴裡已經什麼都沒剩了。

「話說妳知道教數學的松江要結婚了嗎？」

結果，我選擇轉移話題逃避。

這種不誠實的作法非常符合我的作風，但朱音什麼也沒說就放了我一馬。

「騙人。對象是誰，教體育的自見老師嗎？還是國文的阿米老師？雖然她本來就是個緋聞很多的人，但總算定下來啦。」

「咦？松江有那麼多緋聞嗎？」

我有點震驚。虧我還一直以為她是個清純的美女老師。

「阿春還太嫩了。如果不小心一點，可是會被壞女人騙喔？」

朱音笑道。

我也跟著笑了。

我們一起度過了一段平穩的時光。

總有一天。

我應該也會找到值得賭上一切的事物吧。

我心不在焉地在腦中的角落，思考這樣的事。

與朱音道別後，我按照約定和椎名同學會合。她特地到我學校附近來接我。我一發現靠在電線桿上的椎名同學，她就笑著對我說：「午安。」

「其實妳可以直接來參觀社團活動。」

「雖然我也想這麼做，但瀨川同學不是一個人跑吧。」

「畢竟是社團活動，其他社團成員當然也在一起。」

「嗯。所以果然還是不行。那裡不是我可以踏入的地方。」

「我覺得應該不會被發現。」

「不是這個問題。這是我自己決定的規則。」

椎名同學提議去學校附近的河畔，因此我們閒聊著走過去。在黃色的油菜花周圍，有許多純白的蝴蝶在飛舞。

椎名同學開心地將手伸向沒有停著蝴蝶的花朵，她用指尖碰觸其中一片花瓣。

她沒有看向我，直接問道。

「吶，為什麼瀨川同學之前在書店時，要幫我拿那本書？」

她的手指離開時，花瓣輕輕晃了一下。那股震動一傳到周圍的其他花朵，一群蝴蝶就像是被嚇到般一齊飛向天空。蝴蝶乘著風，就像在游泳般優雅地飛走，椎名同學目不轉睛地看著牠們。

「是妳拜託我幫忙拿的吧？」

「嗯。不過，瀨川同學也在找同一本書。你想買那本書吧。所以我才想問為什麼？」

「是椎名同學先找到的，所以本來就應該讓妳買。」

「你心裡都沒有糾結嗎？」

我當時心裡並沒有糾結，頂多只覺得遺憾。

或許是把我的沉默當成肯定，椎名同學低喃著「我告訴你喔」，同時起身。我們的身高差不多，視線的高度也一樣。

「真正想要的東西，如果自己不主動伸出手是拿不到的。」

「那是誰的名言嗎？」

「不，只是先人（我）的教誨。」

椎名同學朝我伸出手，像花朵綻放般，鬆開原本握住的拳頭。

「你願意跟我牽手嗎？」

「咦？」

「拜託。」

「……是可以啦。」

就像她剛才碰觸油菜花那樣，我輕輕碰觸她的指尖。然後，我的手指沿著她的手指移動，讓兩人的掌心重疊。

我們同時施力，兩隻手總算牽在一起。

「嗯。我想表達的就是這個，你懂了嗎？」

我只能搖頭。

因為我完全不懂。

「希望有一天，瀨川同學也能明白。」

椎名同學的聲音小到聽不清楚，我問她說了什麼，但她只是笑著敷衍過去。

「沒什麼啦。比起這個，今天要玩什麼？」

在那之後，我們去了各種地方。

我們一起去遊戲中心玩、打保齡球和看電影。在時鐘的指針過了六點，我送椎名同學去車站的路上，我遇到了認識的人。

和我同班的御堂卓磨。

他今天似乎和籃球社的朋友一起出來玩。

「喲，這不是阿春嗎？你在幹什麼？」

卓磨用手勢示意其他人先走。

「沒幹什麼，只是到處閒晃。卓磨今天是去參加社團活動嗎？」

「是啊。我們接下來要去唱卡拉ＯＫ，要一起去嗎？」

「算了吧。籃球社的人我大多都不認識，而且我今天也不是一個人。」

「你也是和社團的人一起出門嗎？」

「不，不是社團的人。」

被卓磨這麼一問，我才突然想到一個問題。

我和椎名同學究竟是什麼關係。該說是單純認識，還是朋友呢。我一含糊其辭，椎名同學就從我的肩膀上探出頭。

「你好，請問是瀨川同學的朋友嗎？」

「咦？」

卓磨一看見椎名同學的臉，就整個人僵住了。之後他花了約五秒才重新開機。我也不是不能理解他的心情。如果站在相反的立場，我應該也會有同樣的反應。

「啊？咦咦咦？等一下，這位美女是誰。應該不是我們學校的學生吧？話說，咦……咦，你該不會……」

這樣的場景相當罕見。

卓磨成績優秀又擅長各種運動，所以平常看起來比其他同學還要成熟。不論遇到什麼難題，他都能一臉從容地解決。

而那個卓磨正驚訝得合不攏嘴，交互看向我和椎名同學的臉。

「等等，卓磨。你好像誤會什麼了。」

「我才沒有誤會，你這個叛徒。」

「不對，就叫你聽我說了。我根本什麼都沒有背叛。」

我安撫卓磨並試圖解釋時，椎名同學拉了一下我的衣角。我正納悶她想做什麼，她就將手抵在我的耳朵上，朝那裡吹氣。我打了個寒顫後摀住耳朵，發出奇妙的呻吟聲。背後竄起一陣寒意，臉頰熱得發燙，這到底是怎麼回事？

卓磨像是在看弒親仇人般瞪著我。

「喂，什麼叫沒有背叛。她剛才跟你說了什麼。是在說喜歡你嗎？你們根本就是在打情罵俏嘛。」

「不對，剛才不是你想的那樣。椎名同學也來幫忙澄清一下。」

「欸~你都沒有感受到我的心意嗎？」

椎名同學刻意扭動身體，丟下一顆震撼彈。

這致命的一擊，實在完美到令人啞口無言。

「混帳！」卓磨大喊了一聲。

然後他輕輕打了我的頭一下，衝進夜晚的街道。卓磨大聲咒罵「阿春這個叛徒，給我爆炸吧」的聲音不斷迴響，直到再也看不見他的身影後，我才提出心裡的疑問。這段期間，椎名同學一直哈哈大笑。

「妳剛才是故意的吧？」

「你是指什麼？」

椎名同學將手抵在下巴裝傻。

「妳根本是明知故犯。」

「別在意啦。還是瀨川同學討厭那樣？」

「咦？」

「你討厭被人認為我們是那種關係嗎？」

「……是不討厭啦。」

「這樣啊。那就沒關係了吧。比起這個，我有點驚訝呢。原來瀨川同學也會直接用名字稱呼同學。這跟你給人的印象不太搭呢。」

「對關係比較親密的人，我都是直呼其名。」

「原來如此，那你也直接叫我由希吧。我以後也會叫你小由。」
「不是阿春嗎？」
「我討厭春天，但喜歡『由』這個字。那是我們的共通點，所以我要叫你小由。」
「為什麼會討厭春天啊？」
「……因為春天一到，天氣變暖後，雪就會融化。看不見雪後，大家都會遺忘雪的存在吧？明明曾經累積那麼多。這讓我覺得很不甘心。」
雖然寫法不同，但她確實也是雪（註：日文中，由希與雪的發音相同）。
椎名同學是否也曾經被人遺忘過呢。
我對她可以說是一無所知，因此無法輕易加以否定或肯定。
但她討厭春天這點，還是莫名讓我感到受傷。
因為這樣就像是在說「春與雪沒辦法在一起」似的。
「吶，小由。以後就叫我由希吧。」
「我知道了，由希。」
由希的臉突然變紅。
「唔哇，被直接叫名字，感覺比想像中還要震撼耶。這麼說來，我好像是第一次被父親以外的男性這樣叫。」

由希用手指搔臉頰的動作，看起來有點好笑，但她剛才說的那句話，依然持續在我的腦中與內心迴響。

——我討厭春天。

在春假期間，社團活動只有休息一天，我在那天和由希一起去了八色公園。

以池塘為中心建造的公園，繞一圈要走上五公里，據說是因為從八個角度眺望公園時，看到的景色都不同，所以才被稱作八色公園。

今天是平日，公園裡沒什麼人。儘管晚上會有許多大人來賞花，但白天就不是那樣了。不過，由希看起來比我想像中還要開心。

「唔哇，原來還有這種地方。」

由希像是覺得很新奇般到處察看，我將手插進外套口袋裡，走在她的後面。我摸著放在口袋裡的小東西，確認其存在。明明小到能夠收進掌中，卻莫名地讓人覺得沉重。不對，並不是真的很重。這是心情的問題，感覺上面似乎被附加了某種超越質量的概念。

我今天之所以帶由希來這裡，就是因為想在不會被任何人打擾的地方，將昨天買的禮物送給她。

我已經滿足了前提條件。

再來只差氣氛與時機，但這部分非常困難。

繞了公園半圈後，禮物依然在我的口袋裡。

自從遇見由希後，我總是為自己的不爭氣感到沮喪。我本來以為自己是個更精明的人，但只要是在由希面前，就會突然變得笨拙。這是為什麼呢？

陽光從樹葉之間灑落，產生陰影，黑影與白光在我臉上形成鮮明的對比。

我一直在柔和的陽光當中，找時機向由希搭話，但最後反過來是別人先呼喚我。

那是一道和由希不同，更加低沉的聲音。

「喂～那邊的那兩個人，等我一下。」

「咦？」

我看向聲音的來源，然後發現有個身材魁梧得像熊的大叔，正全力朝這裡衝刺。感覺甚至還能聽見匆忙的腳步聲。他的樣子看起來太拚命，讓我忍不住停下腳步。這就是敗筆。

現在看起來也喘得要命的那個人來到我身邊後，突然抓住我的手。

「哎呀，得救了。你跟我來一下。」

「什……什麼事？」

「我們正在拍電影，但臨時演員不夠，所以非常困擾呢。」

「不不不，請等一下。我聽不懂你在說什麼。」

「聽不懂嗎？咦，那個人……」

大叔困惑地將臉轉向我，仔細看過後，我才發現他其實還很年輕。大概只有二十出頭，勉強還能被人稱作大哥。

那個男人的視線，集中在我背後的由希身上。被頭髮遮住的渾圓大眼，就像發現寶藏般閃閃發光。

我輕易就能看出他在想什麼。雖然很想逃跑，但偏偏我的手已經被他抓住。男人愣了約三秒後，重新向我開口：

「少年。」

「我不要。」

我果斷回答。如果我是獨自行動，應該早就屈服於他的魄力並舉白旗投降了，但現在不同。我的背後還有由希在。

「我什麼都還沒說耶。」

「我知道你想說什麼。你想讓由希演出電影吧。」

「請務必幫忙。」

「不可能啦。」

此時，在一旁觀望事情發展的由希，舉手發問：

「為什麼是小由替我決定啊？」

我們兩人一起看向由希。

「……妳想演出嗎？」

「因為感覺很有趣啊。而且也能當成今天的紀念。」

男人絕對不會漏聽由希的話，聲音也突然變得有氣勢。

「沒錯沒錯。少年別擅自替少女做決定。」

那你就別問我，一開始就去問由希啊。話說這個人從剛才開始就一直不肯直接和由希交涉。這是為什麼呢？

「吶，小由，我們一起去嘛。」

雖然事情的走向變得有點不怎麼有趣，但我還是拗不過他們，所以只好回答：「我知道了啦。」

「真的嗎？那就這麼決定了，你們兩人都要一起演出。哎呀，真是太好了。」

男人像是怕我們後來改變主意，強硬地結束這個話題。

是我輸了。

因為太不甘心，我決定至少掙扎一下。

雖然根本就沒什麼意義。

「你差不多該放開我的手了吧？」

拍攝地點是在公園的長椅。

雖然我不太清楚前後的劇情，但今天好像是要拍之前吵架的情侶重逢的場景。

叫住我們的男子似乎是這部電影的導演，他一被其他工作人員呼喚，就立刻換上一副截然不同的表情，氣氛也為之一變。

呼喚導演的是一位身材有些豐腴的大姊姊，她來到我們旁邊，交互看向我和由希，最後視線停留在由希身上。

「這女孩是怎麼回事？她長得超可愛的。」

「對吧。我想請她演出電影。」

「不錯不錯。是下一部電影嗎？」

「不對，是這部電影。」

「咦？」

現場的氣氛突然變得緊張。大姊姊不曉得連說了幾次「不行」，到現在都還沒停。

「你到底在想什麼啊？不可能啦。」

「是嗎？我倒是很想看她演出。」

「我懂你的心情。我也很想指導她演技。不過這部電影要怎麼辦？雖然不曉得你打算用在哪個場景，但注意力全會被她吸走吧。」

「不用擔心，我會好好完成這部電影。哎，只是會給你們添一點麻煩……我不會讓這一切白費。相信我。」

導演用力拍了一下胸口。

「……是那樣嗎？」

「嗯，就是那樣。」

兩人似乎這樣就能溝通，大姊姊放棄似的嘆了口氣。

「唉。我知道了啦。反正不管說什麼都沒用。總之，麻煩導演先去安撫和葉。那孩子就只有在這方面特別敏銳，必須處理得非常巧妙，才不會被她發現。否則她一定會鬧彆扭，這樣就沒辦法拍其他場景了。只有這點，我絕對不允許。」

「我知道了。我馬上去。不好意思，請妳幫忙指導這兩個人的演技。」

說完後，導演就匆匆跑掉了。

我們和不知名的大姊姊一起目送他離開。

剛才的緊張氣氛瞬間消散，現場只剩下笑得和導演一樣開心的大姊姊，以及我們這兩個聽不懂他們對話的人。

「那個，請問你們剛才的對話……」

「啊，不用在意啦。反正你們馬上就會明白。不過，說得也是。有件事可以先告訴你們。那個人真的非常任意妄為，所以你們也不必顧慮太多，有什麼意見就直說吧。」

我和由希困惑地面面相覷。

結果，我們後來被困在那裡將近四個小時。

因為光是為了一個場景，就重拍了好幾次。

這些鏡頭事後似乎會被剪輯成同一個場景。

我們被分配到的角色，是走在主角後面的路人A與路人B。如果讓由希走在我前面會太搶眼，所以導演指示我要好好遮住她。

即使如此，導演在檢查剛拍好的影片時，還是煩惱地說道：

「果然還是太搶眼了。視線無論如何都會被少女吸引。」

或許是顧慮到演員的心情，導演刻意壓低音量，但站在他旁邊的我和由希都聽得一清二楚。過了一會兒，我們才發現導演確實就是只想講給我們聽。

我們一因為那些話抬起頭，就和導演對上視線。

「要看看嗎？」

導演揮手叫我們過去，我們按照他的指示看向筆電的螢幕，發現上面正在播放幾十分鐘前的景象。

畫面的中心，是一對大學生情侶。

他們後面有兩個單純在走路的路人。

那兩人既沒有臺詞，也沒有特寫鏡頭，就只是在講話而已，但等我回過神時，畫面已經切換到下一個場景。奇怪，不知為何，我完全想不起來主角的對話，只記得由希的臉。由希笑著和我說話。彷彿光是這樣，就已經算是奇蹟。

如果這是一部電影，我一定會跟不上這段劇情。或許看完整部電影後，腦袋裡會只剩下由希的笑容也不一定。

那個大姊姊說得沒錯，整個故事的焦點都被由希搶走了。

「吶，少年，你不覺得很浪費嗎？這麼有魅力的人可是很罕見喔。你不想多看一點少女的故事嗎？」

我總算明白導演和大姊姊剛才那段對話的意思。

換句話說，導演明知道這個場景不能用，還是特地花費時間與勞力拍攝。這一切就只是為了獲得由希這位演員。

但由希搖頭回答：

「這個場景沒問題。不用擔心，一定能用。」

「不不不，雖然少女本人可能無法理解，但這段不能用啦。不管是誰，都一定會忍不住看妳。」

或許是由希的反應太出乎意料，導演慌張地解釋。不曉得是因為著急，還是身為導演的本性使然，等回過神時，他已經直接和由希交談了。

「那要不要來賭賭看？」

由希以耐人尋味的表情如此提議。

「如果這個場景因為我的緣故而白費，到時候我會無條件答應導演一個要求。」

「就算我要少女演出電影，少女也會答應嗎？」

「沒錯。不過除非奇蹟發生，否則應該不可能吧。而且奇蹟這種東西，本來就不可能發生那麼多次。」

「什麼意思？」

「……奇蹟這種東西，只要發生一次就算幸運，不太可能會發生第二次，就是這麼簡單的道理。不對，因為不管是何種奇蹟，都必須支付相對應的代價，所以也不能一概說是幸運。」

我完全聽不懂由希在說什麼。

導演似乎也一樣，他稍微思考了一會兒，最後只用一句「我知道了」，就替這件事做出結論。對導演來說，只要能讓由希演出電影就行了。

太陽在不知不覺間下山，夜色開始變濃。

導演他們連忙開始收拾。

我心不在焉地看著他們，導演注意到後，就走來我這裡。

「辛苦了。」

「拍了好久呢。」

「真是幫了大忙。哎，雖然你們的畫面只有約十秒鐘，但演戲很有趣吧。」

「不，我已經受夠了。我不擅長引人注目。」

我們在隔了一段距離的地方，看著由希說話。

由希本人正在一群大學女生的包圍下，聊得非常開心。

俗話說「三個女人一台戲」，一旦多到五個人，那更是完全沒機會打斷她們。女孩子應該從基因層面上就是愛聊天的生物吧。我從小就聽媽媽和妹妹這麼主張，所以只能乖乖等她們把話講完。

「那麼，今天拍的場景真的能用嗎？」

「這個嘛。這樣下去當然是不能用。但我已經跟少女約好了，所以姑且會試著剪輯看看，但如果內部試映會的評價不好，還是得換掉。到時候只能再向大家低頭，拜託他們重拍了。」

「這樣啊。」

我也只能這麼說。其餘的事由導演決定，而且這是他和由希的約定。

「哦，對了。先給你票吧。今天拍的電影，預定會在明年秋天的文化祭公開上映，到時候再來看吧。我一定會拍出最棒的電影。」

「明年？不是今年嗎？」

「今年應該來不及。完成這部作品後，我就要從大學畢業了。而且，我將來一定會成為職業的電影導演。敬請期待。」

我從導演那裡收下票。

票看起來皺皺的，大概是因為曾被硬塞進口袋裡吧。我試著用手攤平，但沒什麼效果。上面用紅色印章蓋了「矢坂大學」幾個字，可是字體有點模糊不清。

「咦？有兩張耶。」

「約少女一起去看吧。雖然我在這方面算遲鈍的了，但透過鏡頭，大致還是看得出來。

所以加油啊。電影這種東西，本來就要由男方主動邀約。」

導演說了一堆莫名其妙的話，笑著用力拍我的背。

實在很痛。

與導演他們道別後，我們又散步了一會兒，並發現一棵很大的櫻花樹。

遺憾的是，現在已經過了盛開的時期，讓人感到有些寂寞。白色的花朵所剩無幾，樹枝上也開始長出綠葉。現在已經逐漸邁入下一個季節。

「導演剛才和你說了什麼？」

「沒什麼大不了的。倒是由希和那些大姊姊都在聊什麼啊？」

「祕密。」

「祕密啊。」

「女孩子本來就有很多祕密。」

由希有些裝模作樣地回答完後，跑到櫻花樹底下。一陣風吹落了許多花瓣。她的裙子和柔順的頭髮也跟著隨風搖曳。

背上突然湧出一股炙熱的痛楚。導演剛才用他的大手，推了我的背一把。

我下定決心了。

「由希。」

我在離她有段距離的地方大喊。

「什麼事？」

「我有東西要給妳。」

我從口袋裡拿出禮物。已經沒有退路了。我走向由希。明明只有短短幾公尺的距離，我卻覺得喘不過氣，心臟也跳得比剛全力跑完一百公尺還快。

「不嫌棄的話，妳願意收下這個嗎？」

我將精心包裝過的小盒子交給她。口袋裡總算變輕。除了家人以外，這是我第一次送女孩子禮物，所以感到莫名緊張。

我大聲地嚥了一下口水。

「打開來看看吧。」

由希按照我的指示，從盒子裡拿出一個粉紅色的小瓶子。

「櫻花香水？」

「嗯。妳曾經說過因為春天一到，大家就會遺忘雪的存在，所以討厭春天。不過如果一直散發櫻花的香味，或許大家每次看見櫻花時，就會想起來也不一定。」

由希說過討厭春天。

所以我一直在思考。

要怎麼做，才能讓大家在冬去春來時，回想起已經融化的雪。煩惱到最後，我總算得出這個答案。

「原來如此。這就是春天的香味啊。」

「沒錯，所以……」

我希望她別再說討厭春天。

我沒有說出後續的話，因為就算什麼都不說，我的心意應該也已經全部傳達到了。

由希稍微等了一會兒後，像是知道我沒打算再繼續說下去般，接在我後面說道：

「不過，真的會那樣嗎？」

「大概。」

「哦～你沒有自信啊。」

「我當然會想起來。不如說是忘不了。但其他人我就無法保證了。」

「這樣就夠了。」

由希說道。只要小由能夠想起來，這樣就夠了。

我們一起望向散發香甜氣味的櫻花樹。以後每次聞到這個味道，我都會想起由希吧。

嗯，我怎麼可能忘記她？

「那麼，你應該還有另一樣東西要給我吧？」

咦？到底還有什麼東西？

我思考了一會兒，但由希不耐煩地搶先說出答案。她還刻意用力嘆了口氣。

「你不打算把導演給你的東西交給我嗎？」

「原來妳知道啊。」

我從另一邊的口袋裡，拿出兩張彩色印刷的票。其實我本來打算改天再約她，但這樣也好。我將已經變得皺巴巴的票交給由希。

「這是電影票。不介意的話，可以跟我一起去看嗎？」

「好啊。」

由希點頭，但馬上補充道：

「我希望你之後能再邀請我一次。」

「什麼意思？」

「我想試試看小由是不是真的會記得我。明年秋天，我會擦這個櫻花香水去見你。到時候，小由要再約我一起去看電影喔。所以這兩張票，就先交給小由保管吧。」

「我知道了。」

「絕對要約我喔。」

「嗯，就這麼說定了。」

即使我的話讓由希露出非常開心的表情，她仍小聲說了一句話。那句話與她的表情實在連不起來，而且聲音聽起來十分冰冷。

——騙子。

藍眼的白貓
Contact.0

「妳還是就此停手比較好。」

一個不認識的男孩子向我搭話。

我當時人在一間隨處可見的便利商店，並打算將放在架子上，同樣隨處可見的巧克力偷偷放進口袋裡。

對方似乎堅信自己的行為是正確的，聲音聽起來沒有一絲懷疑。

「放開我。」

我想甩掉對方的手，但沒有成功。

他的身材明明非常苗條，臉也長得像女孩子。

就連身高都比我矮，但他果然還是個男孩子。

力量比我大。

聲音也比我低沉。

「只要妳願意停手。」

「這跟你沒有關係吧？」

「但那樣是犯罪喔。」

雖然我還想試著回嘴，但不管怎麼想，錯的人都是我。

衝到喉嚨的話變成嘆息，我瞪向掛在牆上的時鐘。分針與時針背對彼此，將圓形的時鐘縱切成兩半。換句話說，現在是下午六點。

再過五個小時，世界就會被改寫。

我所做的事與留下的痕跡，全都會被消除，所以這場偷竊無論成功或失敗都無所謂。只是用來消磨時間而已。既然已經被人掃興，就不需要再做下去。

「我知道了。」

我將巧克力放回架上後，他遵守約定鬆開我的手。或許是因為剛被緊握過，手腕到現在還覺得熱熱的。我用另一隻手輕撫發熱的地方，看也不看少年一眼，就直接走向出口。

一走到店外，呼呼作響的冷風，就像銳利的刀刃般劃過裸露在外的臉頰。

比起冷，我更覺得痛。

我嘟囔著「好痛好痛」。

但誰也沒有停下腳步。

大家笑得像是法律有規定必須要幸福似的，完全沒注意到我。每個人都沉醉在路上燦爛的燈光與色彩中。

世界上充滿了各種聲音，但我刻意不去聽，只專注在自己的呼吸和腳步聲上。我有腳，能夠自己前進。我在呼吸，心臟也仍在跳動。

我就在這裡。

我還活著。

明明這些都是我自己希望，自己伸出手抓住的東西。

然而，為什麼我會這麼痛苦？

雖然沒有劇烈的痛楚或恐懼，但在別種意義上，活在這個世界對我來說就像活在地獄一樣。日日累積的孤獨與寂寞，緩緩扼殺我的心靈。

「等一下。」

我突然聽見某人在呼喚某人的聲音。

居然連這點小事都能讓我感到羨慕，或許我已經對活著這件事感到非常疲憊了。

「等一下。」

我又聽見聲音了。

這次比剛才近，也比剛才響亮，而且我好像對這個聲音有印象。

「我在叫妳。」

我持續向前走，像是在逃離洋溢於街道中的幸福。

無論是快樂的音樂、笑容還是呼喚某人的聲音，對現在的我來說都是劇毒。

「等一下啦。我都叫妳這麼多次，稍微停一下也不會怎樣吧。」

某人抓住我的肩膀，讓我嚇得心臟差點從嘴巴裡跳出來。不曉得已經有幾年沒聽過自己驚訝的聲音了。

回過頭後，我發現剛才那個少年站在那裡喘氣。

我害羞地拉開距離，瞪向少年。

「你……你有什麼事？」

「呃，是沒什麼大事啦。不介意的話，請收下這個。」

少年從提在手上的塑膠袋裡，拿出我剛才想偷的巧克力。

我一察覺他的意圖，內心就開始感到煩躁。

「不需要。」

「為什麼？妳不是想吃這個嗎？」

我想要的不是巧克力，而是其他東西。

但我無法好好說明。

因為就連我自己，都不曉得那個東西是什麼。

「你明明就不了解我，為什麼要做這種事？我告訴你，我最討厭像你這種愛多管閒事的人。最最最討厭了。」

我像個小孩子般大喊，喊到連呼吸都變得凌亂。我用力吸了口氣，冰冷的空氣進入體內，感覺好痛。

但我沒有喊痛。

因為我不想再被眼前這個男孩子同情。

我的話讓少年低下了頭。

但過了一會兒，他重新握緊手上的塑膠袋，抬頭看向我。他直率的眼神裡充滿光輝。

「就算是這樣，如果妳不討厭甜食，可以收下這個嗎？」

「為什麼？」

「我也知道自己不是做這種事的料，但就算今天心血來潮想送某個不認識的人禮物，應該也沒什麼關係吧。畢竟……」

少年看起來有點悲傷，有點害怕，但還是擠出了笑容。

這就是他的堅強之處。

「今天是聖誕節。」

「真是個怪人。」

少年沒有回話，他將塑膠袋硬塞給我之後就跑掉了。他的身影一下就消失在夜晚的街道中，只有逐漸遠去的腳步聲，仍在我的心裡迴響。

——真是個怪人。

我再次嘟囔。

這件事發生在我剛滿十五歲的冬天。

我就這樣與不知名的少年相遇了。

❄

每個星期二，晚上十點五十四分開始。

雖然這樣寫感覺就像是深夜節目的廣告，但實際上除了我以外，誰都不知道世界會在這個時間改變。

世界會在消除與某個少女有關的紀錄後重生。

因為八年前發生的一起交通事故，讓這個世界的運作方式稍微改變了。

交通事故本身並不是什麼稀奇的事。

每個星期都會看見好幾次一樣的新聞。

在我居住的國家，包含小規模的車禍在內，一年似乎會發生將近五十萬起事故。當中約有四千件是死亡事故，死亡人數也差不多是這個數字。換句話說每一天有十一人，每兩小時就有一人死於交通事故。

嗯，沒錯。

這樣看來，真的不是什麼稀奇的事。

不過，如果五十萬這個數字，或是四千這個數字並非單純的資料，而是現實存在於自己身邊的人，將會造成多少的痛苦與悲傷呢，這點我曾親身體驗過。

來講點以前的事吧。

那是關於某個先是五十萬分之一，後來變成四千分之三的家庭的故事。

不，這樣講好像有點不太對。

因為接下來要說的，是某個逃過那四千分之一的女孩子的故事。

少女是在她第七次過生日的那天，失去了一切的。

那一天，原本對少女來說會是特別的一天。她一直很期待去遊樂園。而且這次還是和最喜歡的家人一起去，她當然不可能不開心。

「好，我們到了。」

原本在車裡睡覺的少女被母親的聲音叫醒。她一睜開眼睛，就看見模糊的人影。那個比少女的身體還要嬌小的人影，是少女的妹妹宇美。宇美嘴裡喊著「姊姊，我們到嘍」，模仿母親搖晃少女的身體。

「嗯。早安，宇美。」

「嗯。早安，姊姊。」

父親和母親微笑地看著兩人互動。

這大概是這個世界隨處可見，其中一種明確的幸福形態。

「好了，要走嘍。大家要做好心理準備，我們今天要全力玩上一整天。」

父親莫名有精神地催促大家下車，曾在電視上看過的城堡就在眼前。

少女忍不住發出驚嘆。她所有的注意力都集中在眼前的遊樂園上。看在少女眼裡，這些景象只能用魔法來形容。一切看起來是那麼地閃閃發光，彷彿就連聲音都帶有色彩。

如同父親的宣言，他們全力玩了一整天。

搭乘各種遊樂設施，享用美味的餐點，甚至還看了遊行。

好開心。

這真是最棒的生日。

等將滿手的土產和在父親背上睡著的宇美搬到車上，一家人踏上歸途時，已經過了晚上九點。

平常這個時間，少女早就已經洗好澡並換上睡衣，但她現在完全不想睡，彷彿全身上下都還殘留著魔法的殘渣。

她和母親興高采烈地聊著中午吃的甜點時，父親難得想要加入話題，但這可不行。女孩子聊天時，男孩子是不能加入的。

少女刻意不予理會，然後父親就像少女的同學那樣，噘起嘴巴發出不滿的聲音。他應該沒有生氣，比較像是在享受被女兒捉弄的感覺。

父親的樣子把少女給逗笑了。

母親也跟著笑了起來。

睡著的宇美嘴角，也浮現出滿足的笑容。

然後，這一切全都消散了。

事情發生在一瞬之間。

白色的強光占據了整個視野，然後是一陣強烈的衝擊。少女不曉得之後發生了什麼事。

東西折斷的聲音。

東西裂開的聲音。

東西破碎的聲音。

父母大聲喊叫，但馬上就被更大的聲音蓋過。年紀尚幼的妹妹甚至連叫的機會都沒有。

最後，是少女重要家人的某樣東西終結的聲音。啊，這樣說不對。並不是發出聲音，而是聲音消失了。沒錯，感情融洽的父母，一起迎接了終結。

不曉得過了多久。

呼——呼——

從乾渴的喉嚨吐出一口氣後，少女恢復了睜開眼睛的力量。她輕輕眨了三次眼，然後緩緩睜開眼睛。彷彿籠罩了一層霧氣的世界，正逐漸沉入火焰當中。

少女突然想到必須尋找家人，但她的身體動彈不得，彷彿根本就不屬於自己。直到剛才都能自由活動的手腳，現在完全不聽使喚，無論她再怎麼用力都一樣。

只有從體內湧出的一股炙熱的意念，不斷向無法動彈的身體以及麻痺的內心呼喊。

我想活下去。

我不要就這樣結束。

因為這樣實在太過分了。

我還有好多事想做。

想再看一次暑假看到的大煙火，還有想看的書，想穿的可愛衣服，還想要再去一次遊樂園，想像故事裡那樣和出色的男孩子談戀愛。

這一切都將被殘酷地奪走。
被帶到無論再怎麼憤怒或悲傷，無論再怎麼吶喊都無法抵達的場所。
「死亡」在少女的眼前向她招手。
「我不要。」
少女拚命擠出不成聲的吶喊。
「我不要啊。」
眼淚讓世界變得朦朧。
與少女的心情相反，她的意識逐漸遠去，看來她的大限將至。
不要。
眼睛已經睜不開了。
不要。
光芒逐漸消失。
不要。
連聲音都發不出來，甚至不曉得自己有沒有在呼吸。
不要。
即使是像地獄一樣的地方，還是想要繼續待在這裡。

想留在這個世界。

拒絕死亡的少女，突然感覺自己好像聽見了什麼。

不對，用聽見來形容可能不太正確。因為那是全新的提問，既不具備像言語那樣的框架，也沒經過聲音的潤飾。

少女只是感覺到而已。

只要現在點頭，就能繼續活下去。

她在自己的意識當中伸出手。

使出全力，拚命地伸出手。

說出她的答案。

「我想活下去。」

少女抓住了光芒。

等回過神時，她已經躺在床上了。

純白的天花板，純白的房間。

不認識的人接連來到這裡。他們果然也都穿著純白的衣服。少女只被問了姓名，沒有人問她關於事故的事。

她鬆了口氣，但同時也厭惡起接受了這個狀況的自己。

接下來的時間，少女都在吃醫院的難吃飯菜，看著醫院的電視。她也看到了交通事故的新聞。主播以不帶感情的聲音，淡淡地報導某個三人家庭遭遇的交通事故。一名卡車司機在駕駛時打瞌睡，並因此奪走了一對還很年輕的夫婦和他們獨生女的性命。在司機因為連續上了三十六小時的班而身心俱疲，失去意識的那幾秒鐘，包含他在內的四條生命，就這樣從這個世界消逝了。

不對，其實不是那樣。

那個家庭有四名成員。宇美不是獨生女，她還有一個姊姊。不過，現在主播所報導的內容，才是這個世界的真相。

充滿紅色火焰的世界。

這個地球上，沒有人知道在那個連呼吸都很困難的地方，還有一個少女倖存了下來。不對，就連曾經有一個少女存在過的事實都消失了。

少女想要大叫，但她拚命摀住自己的嘴巴。她用力握緊床單忍耐，在上面留下深深的皺褶。

這是她自己做出的選擇。

在那場事故後，一晃眼就過了一個星期。

少女那天一直在看時鐘。隨著指針滴答作響，時間一下就過去了。十點五十四分。世界瞬間被改寫。

這是第二次改變。

這樣少女就不能繼續待在這裡了。

躺在床上的少女，早已做好了出院的準備，她之所以特地留到這一刻，只是為了親眼確認會發生什麼事。

出乎意料地，答案馬上就揭曉了。

首先是慘叫聲。少女認識那個聲音。那是在這間醫院裡，對自己最溫柔的年輕護理師的聲音。她曾經請少女吃過點心。當少女說自己喜歡看書時，她還借了有趣的書給少女看。那位護理師在看見少女後嚇了一跳，她的眼神就像是看見了什麼來路不明的人物。

那道慘叫聲吸引了許多人過來。

其中也包括少女的主治醫生。

少女知道醫生和護理師的名字。她在心裡想著這個人是神崎醫生，那位護理師姊姊是谷尾小姐。

神崎醫生一靠近，少女就從床上起身站了起來，但神崎醫生面對少女如此說道：

「請問妳是哪位？」

理應不具備質量的話語，以比想像中還要沉重的重量壓在少女身上。

少女踩著搖搖晃晃的腳步走向出口，聚集在這裡的人群像是為了躲避她般，替她讓開了一條路。回頭一看，就連掛在門上的名牌都變成空白。少女鑽進被窩前，明明還特地確認過上面有寫自己的名字。那是短短三十分鐘前的事。這段期間，根本就沒人經過少女的病房。

她走下樓梯，從後門走出醫院。

家人都不在了。

也沒有可以回去的地方。

就只剩下一條命。

感情突然爆發來，完全無法阻止。無處宣洩的想法在心裡橫衝直撞。如果不釋放一些出來，內心一定會崩壞。

「啊……啊啊啊啊啊啊啊啊啊啊啊啊啊啊啊啊啊啊啊啊啊啊啊啊啊啊啊啊──」

少女跑了出去。

天空看不見月亮，只有星星在閃耀。吐出的氣息化為白色的霧氣，顯示出現在是冬天。

明明還沒開始下雪，卻感到非常冷。喉嚨傳來刺痛的感覺。

「啊啊啊啊啊啊啊啊啊啊啊啊啊啊啊啊啊啊啊啊啊啊啊啊啊啊啊啊啊──」

少女朝天空大吼。

朝世界吶喊。

眼淚不斷流下。

如今已經沒有任何人認識少女。

少女，我，在這個世界是孤身一人。

❄

我在小公園的長椅上，啃著不知名的少年送的巧克力。吃下去後，我嚇了一跳。好甜。明明這幾年不管吃什麼都嚐不出味道。

每咬一口巧克力，眼淚就跟著掉下來。看著巧克力愈變愈小，我也跟著難過了起來。啊，原來如此。這就是悲傷。沒想到自己還殘留著這樣的感情。

「走吧。」

明明沒有力氣起身，我還是如此低喃。

天氣冷到手都麻痺了，摸起來一點感覺也沒有，就像屍體一樣。我在心裡如是想著，繼續舔已經變小的巧克力。試著再咬一口後，還是好甜，甜到都要流出眼淚了。

過了五分鐘後，巧克力已經全被我吃完了。

我靠在長椅上，放鬆身體仰望天空。

灰色的雲朵不斷飄動，彷彿只有我一個人被困在這個時間裡。或許是因為風很強，雲朵以極快的速度扭曲、變形，並持續遠去。

「我到底在幹什麼？」

這個問題沒有答案，我自己也很清楚。

我本來準備將揉成一團的外包裝扔進垃圾桶裡，但後來又重新用雙手將袋子攤平，收進口袋裡，就連我自己都不曉得為什麼要這麼做。

稍微思考了一會兒後，我沒將手從口袋裡抽出來，就直接起身。然後漫無目的地踏出腳步。

沒扔掉外包裝這件事，並沒有什麼特別的意義，真要說起來，我至今的人生也是如此。我只是在呼吸、走路並虛度光陰而已。看吧，根本就沒有任何意義。反正也只會再次消失。

這就是我為了活下來，所必須支付的代價。

我在那天抓住的光是「某種存在」。沒錯，只能用「某種存在」來形容。即使用盡這世界的所有言語，也一定無法精確地描述那個存在。如果硬要找一個最接近的詞，那大概就是「奇蹟」了吧。

我在碰觸過「那個存在」後，知道了許多事。

例如這個世界的流向早已註定。雖然人們將其之為命運或歷史，但那似乎是無法改變的。

我走路時也不斷在想事情，然後鞋尖踢到了一顆小石子。過不久，走在我後面的少年將那顆石子踢進草叢，讓一隻原本待在那裡的小鳥飛了起來。

這一切都是起因於我剛才在這裡踢了那顆石子。

命運的齒輪稍微偏離了。

這個微小的扭曲，或許會在遙遠的未來變成巨大的扭曲。大到足以改變世界的命運——

我本來應該會在那瞬間死去，所以對之後的世界來說，我是個不該存在的人。因此我接下來所做的一切行為，都成了黑盒子。盒子裡面似乎隱藏了改變命運的可能性。

另一方面，活著這種行為，其實就是邁向未來的行為。從我這裡奪走未來，根本就沒有意義。

結果作為代價，我的過去被奪走了。在改變的獠牙抵達遙遠的未來前，就先修正過去斷絕其根源，讓通往未來的軌道回歸正軌。

以每個星期二的晚上十點五十四分為界線，我的存在會被從已經變成過去的世界當中消除。沒有人會記得我的名字與長相。因為我消失而造成的空白，也會被自然地填補。

我犧牲一切換來的，就只有一個星期的未來。

神沒有準備第八天。

簡直就像是在玩大風吹一樣。

每過一天，能坐的椅子就會少一張，到第八天就會全部消失。遊戲結束。如果還想繼續玩，就要從頭開始。

我很清楚。我是在了解一切的情況下抓住那道光的。

所以我無法責備任何人。

只能像這樣繼續活下去。

為了消磨時間，我打算繞遠路去車站，結果卻聽見從某處傳來貓的叫聲。我困惑地停下腳步。

彷彿隨時會消失的微弱聲響，不斷傳入我的耳中。

「喵喵……」

聲音是來自水溝附近。雖然被雜草遮住看不清楚，但那裡好像有什麼東西。我環視周遭，但完全看不見其他人。現在只有我聽得見那個聲音。

我能體會那種辛酸。

我能體會那種寂寞。

我比誰都能體會那種絕望。

等回過神時，我已經撥開雜草，看向水溝裡面。

「喵。」

那裡有隻髒兮兮的小貓。牠全身都是泥巴，看不出原本的顏色。應該才剛出生沒多久吧。牠的一切都很嬌小，只有藍色的眼睛特別大，就像是從外太空看見的地球一樣——雖然我沒有真的從外太空看過地球。

「喵。」

原本沒在呼喚特定人的聲音，變成在呼喚我。

藍色的眼睛確實捕捉到我。

只捕捉到我一個人。

「要跟我一起走嗎？」

我伸出手，撫摸牠的毛髮。好軟，好溫暖。好久沒有感覺到這種溫暖了。

我將那隻貓帶回旅館，取名為小白。因為一幫牠洗過澡後，就發現牠有一身漂亮的白毛。

小白是隻不愛叫的母貓，讓人難以想像牠之前居然會那麼拚命呼喚我。

我泡了奶粉，再用滴管餵牠喝。雖然牠看起來很討厭那樣，但只要滴進嘴巴裡，牠就會乖乖地吞下去。

小白年紀還很小，沒什麼體力，所以我當然也必須留在旅館裡。我也沒打算帶牠一起外出。

我一直坐在牠旁邊看書。

小白偶爾會撒嬌似的拍我的腳，這時候我就會把牠抱到腿上，然後小白就會滿足地睡著。我感受著生命的重量與溫暖，繼續翻頁。我好久沒感受到別人的體溫與重量，這確實拯救了我。

「只顧著睡，會變胖喔。」

小白一直睡而不肯叫，這讓我感到有點無聊。喂，陪我說話啦。

「你的毛長得這麼漂亮，身材也很苗條，要多珍惜自己。」

「喵。」

牠嫌我太吵，生氣了。

我打擾牠睡午覺，讓牠有點不高興。就連這種事都讓我感到開心。雖然偶爾會因為逗過頭而被牠用爪子抓傷，但就連疼痛都讓我感到愉快。

別人製造的傷口，是與別人互相接觸過的證據。

「抱歉抱歉。」

我溫柔地撫摸小白的毛後，牠又再次陷入沉睡。

「哎呀，感覺連我都跟著想睡了。」

我闔起書本，放到桌上，然後跟著閉上眼睛。明明坐在椅子上，腿上還放了一隻貓，我卻覺得自己能夠睡得很香。意識在清醒與模糊之間徘徊，最後就像掉進洞裡般，一下就陷入沉睡。

不曉得經過了多久。

等我醒來時，周圍已經變得一片漆黑。因為睡的姿勢不太好，首先是覺得脖子痛，然後是背。雖然腳麻了，但小白還睡在那裡，所以不能動。我伸手拿桌上的遙控器，按下開關。橘色的光宛如微弱的火焰，照亮四坪大的房間。

為了舒緩僵硬的肌肉，我伸了個懶腰順便確認時間。十點五十七分。離五十四分已經過了三分鐘。看來我睡了將近八個小時。

今天是星期二。改變已經結束了。

必須離開這裡了，但得先叫這個貪睡鬼起床。

小白起床後，應該會嚇一跳吧。

因為牠已經不認識我了。

但小白是貓，所以應該不會問「妳是誰」吧。只要餵牠吃東西，牠應該會再次親近我。

「喂，小白。」

我呼喚小白，摸牠的毛，但下一個瞬間，就嚇得把手縮了回來。

小白的身體又硬又冰冷。

「小白，你死掉了嗎？」

為了確認事實，我緩緩問道。

小白已經永遠不會回應了。

這就是答案。

小白一定命中註定會死在那條水溝裡。那裡沒有吃的東西，牠原本應該會死於飢餓與寒冷。是我救了牠。

不過原本註定會死的生物，無法跨越死亡前往未來。

所以我這一個星期餵養小白的行動被消除，世界像這樣被修正了。

感覺小白失去靈魂不再動彈的身體，變得比生前輕很多。據說靈魂的重量是二十一克，不曉得是不是真的。

眼淚流了下來。

淚珠與小白柔軟的毛糾纏在一起。

「啊啊，嗚嗚嗚嗚。」

我咬緊牙關，努力不發出哽咽的聲音。明明平常輕易就能閉上嘴巴，為什麼現在就算花上好幾倍的力氣也閉不起來？不成句的聲音，不斷從嘴巴的縫隙中漏出。

我明明想把眼淚停下來。

因為這根本就不是什麼美麗的眼淚。

我不是為了小白哭，是為了自己哭。因為好不容易獲得的溫暖消失，所以內心的寂寞與不安才會化為淚水流下。胸口好痛。內心最柔弱的地方被狠狠地挖開傷害。

牙齒不斷打顫，我捏了一下自己的手臂。好痛。

不過依然遠遠比不上內心的疼痛。

因為不能一直把小白的遺體放著不管，隔天，我開始尋找能埋葬小白的地方。

如果我死了，絕對不會想讓任何人看見自己的屍體腐朽。小白一定也一樣。

我去超市要了紙箱，在底層鋪了一條乾淨的白浴巾，把小白放在上面。不管看幾次，小白都像是單純睡著了。如果我呼喚牠的名字，不曉得牠會不會睜開眼睛，再次對我叫。就算因此被牠抓傷也無所謂。

雖然我自己也知道這不可能實現。

我打算把小白的空殼埋在離車站有段距離的空地。那裡立了塊寫著「私有土地」的看板，但誰理他啊。我持續用鏟子挖土。

我知道有許多好奇的視線緊盯著這裡或掃過這裡，納悶我在做什麼。雖然很少人會經過這片空地前面的馬路，但並不是完全沒有。只是我還沒遇到會跑來向我搭話的怪人。大多數人都只是瞄一眼，然後一注意到我的視線，就將臉轉過去。

我默默地挖土，但隨著作業的進行，這個舉動可能也會被當成沒發生過的恐懼，與疲憊一起重重地壓在我的肩頭上。我一個人做出的行為，很可能會在修正時被當成沒發生過。如果過程被許多人看見，被消除的機率又會更高。

即使如此，我還是只能繼續做下去。

因為我沒有任何人能夠依靠。

或許是這幾年體力衰退了不少，即使小白是隻小貓，我還是花了很長一段時間，才挖出足以容納牠身體的洞。鏘。一道又尖又長的聲音刺激我的鼓膜。

「好痛。」

看來是挖到埋在地下的岩石了。握著鏟子的手開始發疼。我——雖然平常絕對不會這麼做——直接坐到地上，大口喝著事先買的瓶裝茶。手上的麻痺感過了很久才消退。

此時，頭上傳來了聲音。

「妳在幹什麼？」

我一抬頭，就發現那裡站了一個年紀和我差不多的男孩子。少年穿著繡有紅線的黑色運動服，背著一個大大的肩包。我對那張臉有印象。

「又是你啊？」

「咦，我們在哪裡見過嗎？」

少年困惑地問道。

啊，我差點忘了。自從上次遇見他後，又經歷了兩次的改變。他已經不記得我了。無論是曾經追上我的事，還是給過我巧克力的事。

不過如果是他。

如果是這個能為了陌生人買巧克力的爛好人，或許會答應我的請求。

我起身拍掉屁股上的塵土，低頭行了一禮。勉強擠出來的笑臉，看起來大概有點僵硬吧。這也無可奈何。畢竟我早就忘了怎麼笑。

「對不起。我好像認錯人了。其實是我養的貓死掉了，我在替牠挖墳墓。可以請你幫忙嗎？」

我本來以為少年應該會不太願意，但他點頭說了句「我知道了」後，就將肩膀上的包包放到地上。他拔起插在地上的鏟子，開始挖土。我蹲下後——這次小心不讓屁股碰到地面——向那道感覺比外表還要高大的背影問道：

「喂，你為什麼要向我搭話啊？」

少年沒有停止挖土，直接回答：

「因為妳看起來好像快哭了。」

「騙人。我才沒露出那種表情。」

試著摸了一下自己的臉後，我發現指尖是乾的。

我應該沒哭吧。

「嗯。但看在我的眼裡，妳的表情就像是束手無策又非常困擾，但還是拚命不想放棄，讓我無法對妳置之不理。」

「我知道了。你是個怪人。」

「說得太狠了吧。」

「你沒被人這麼說過嗎？」

少年含糊其辭地回答：

「……我好像對於許多事都沒什麼執著和熱情，所以非常憧憬與自己完全相反，想要認真做什麼或拚命掙扎的人。雖然或許是我個人的任性，但我不希望那種人放棄，或是變得很遜。我將自己的理想強加在他們身上，所以作為代價，至少應該要幫助他們。」

「真的有那種人嗎？」

我不由得問道。

「哪種人？」

「曾經很帥氣，後來卻變得很遜的人。」

「我自己也很明白，那是多麼難受又辛苦的事。即使如此——」

他的聲音愈變愈小，最後完全消失。不過他在說這些話時感覺很激動，我覺得他不像是個缺乏執著與熱情的人。所以一定只是他自己這麼認為而已。

或是單純還沒遇到值得賭上那份熱情的事物。

「嗯。既然如此，希望你有一天也能找到呢。」

「咦？」

「找到能讓你發自內心，無法克制地說想要的東西。」

少年笑了，但沒有回答。他默默地繼續替我挖土。

過不久，我的眼前就出現一個深到足以埋葬小白的洞。

「是那孩子嗎？」

少年看向躺在紙箱裡的小白。

「嗯。」

「牠叫什麼名字?」

「小白。」

「因為是白色的?」

「沒錯。很簡單吧?」

「不,我覺得是個好名字。不是有句話叫『人如其名』嗎?」

埋葬完小白的遺體後,我們一起合掌祈禱。我們沒有立墓碑,連我自己都不知道自己在祈禱什麼。

睜開眼睛後,我的嘴巴擅自說出原本不想說的話。

「這孩子,之前獨自待在水溝裡。」

即使我唐突地說出這些話,少年依然沒有表現出懷疑的態度,只是側耳傾聽。

「那不過是一個星期前的事。總覺得牠當時在呼喚我。一問牠要不要跟我一起走,牠就『喵』了一聲。但小白只多活了一個星期。如果繼續讓牠待在水溝裡,牠或許能夠更早解脫。吶,你覺得只多延續一個星期的性命有意義嗎?」

我的性命也是如此。

明明爸爸、媽媽和宇美都已經去世,我卻一個人活了下來。不過現實並沒有那麼美好,我開始搞不懂自己當初為什麼那麼想活下來了。

我在冬天的天空，發現了閃閃發光的天狼星。

在希臘語裡，那道藍白色的光芒有「燒灼者」的意思。早知如此，或許當時我應該讓自己也死在那片火海當中。

然而，現實是我現在還活著。我按照自己的意志選擇繼續活下去，打從那個失去一切的夜晚開始，我就一直專注在尋找這條命的意義。

「即使如此，妳還是陪牠度過了一段時間吧？」

少年默默聽完後，開口說道：

「如果小白多活的那一個星期有其意義，那一定是存在於妳的心裡。因為妳愛牠愛到如此傷心。光是能有這樣的機會，對牠來說就算是一種幸福吧。嗯，沒錯。因為……」

——妳不會忘記這一個星期的事吧。

他如此斷言。

「這樣活得有意義嗎？」

「至少我覺得有。雖然我不曉得小白是怎麼想的，但我認為如果能一直留在某人的心裡，被人如此深愛，那一定就是對生命的祝福。」

少年的話，深深打入我的心坎。

原來如此，只要能一直留在某人心裡，活著就有意義。如果能夠做到這種事，我的這條命或許也算是有點意義。

我看向身旁的少年。如果是這個爛好人少年，就算我離開人世好幾年，他應該也還是會記得我吧。

我一直在思考要怎麼使用這條命。

嗯，我決定了。

「喂，你叫什麼名字？」

「瀨川春由。妳呢？」

原本只是個少年的存在，在我的心裡獲得了名叫瀨川春由的輪廓。

我沒有出聲，在心裡對瀨川說道。

吶，瀨川。

請你喜歡上我。

將我刻在你的心裡，永遠永遠記得我。

等這個願望實現時，我一定——

我在心裡這麼想著，同時笑著回答：

「我叫椎名由希。以後請多指教。」

那些未能說出口的話

Contact.137

「我可以坐這裡嗎？」

一個不認識的女孩子向我搭話。

我當時正在市營圖書館的自由閱覽區寫暑假作業。

她的聲音就像只要一響，就會在耳朵裡縈繞許久的風鈴聲。

我環視周圍，發現其他桌子都被和我一樣拿出教科書苦讀的學生占領了。大部分的人，都是在與被稱作紅皮書的大學入試考古題奮鬥。應屆考生。一年後的我，應該也會變成那樣。

「請坐。」

為了騰出一半的空間，我準備將沒用到的教科書收進包包裡，但少女揮揮手，說不用收也沒關係。

「我只是想看書，所以這些空間就夠了。你是在寫暑假作業嗎？」

「嗯。」

「那我就安靜地看書吧。」

少女豎起食指，抵在薄薄的嘴唇前面，像是在說「噓——」般露出白皙的牙齒，讓人覺得她看起來比她給人的第一印象還要年幼。即使如此，應該還是比我大幾歲吧。她給人一種從容不迫的感覺。

如同剛才的宣告，她基本上都在安靜地看書，但偶爾還是會輕笑或難過地吸鼻子。少女發出的聲音，讓我忍不住看向她，然後她就低下頭。我覺得有點不好意思，所以向她道歉，結果她驚訝地睜大眼睛問：

「為什麼是你向我道歉？」

她突然笑了出來。我好想再多聽一點她的聲音。

這個願望比想像中還要早實現。我從廁所回來後，發現她停止看書，緊盯著我的問題集看。

我一入座，她就像是在對我說悄悄話般輕聲說道：

「第三題寫錯了。」

然後她拿起我的自動鉛筆，不到一分鐘就解出了和我不同的答案。我對完答案後，發現她的數字才是對的。

「你不擅長數學嗎？要不要我教你？」

她笑著說道，同時靈巧地用纖細的手指將長髮撥到耳後。我突然聞到一股甜甜的香味。這是什麼味道？我稍微思考了一下，就得出答案。

是櫻花的香味。

這件事發生在高中二年級的夏天。

我就這樣與椎名由希相遇了。

我用力吸了口早上的空氣後，衝出家門。

夏天的作業、筆記用品、錢包、智慧型手機，以及毛巾。我每次踏出腳步，包包裡的東西就會混在一起，發出碰撞聲。

我用力伸長跨出去的腿，世界開始以比平常快一點的速度轉動。我和我的心情不斷被往前送。我在半路上右轉，彎進河邊的人行道。河面流光閃閃，感覺就連空氣裡都包含了大量的夏日光輝。我大口喘氣，額頭開始滲出汗水。

雖然國中退出田徑社後，我還是會定期跑步，但身體果然還是不像全盛時期那麼靈活。哎，這樣也無所謂。反正一切都過去了。

我在國中最後的夏天，超越了自己「憧憬」的人物。

那一天，等我回過神時已經衝過了終點線。「啊，總算成功了」的想法只持續了一瞬間，那裡沒有任何我期望的東西，但確實位於終點的另一側。

國中持續跑了三年後，才抵達的場所。

有什麼東西在我心裡翻騰。

理應斷念的東西。

理應放手的東西。

理應結束的東西。

我放慢速度，靜靜等待這些東西冷靜下來。腳邊出現一道清晰的黑影，緊跟在我後面。

我聽見蟬叫聲。記憶開始鮮明地復甦。

我在夏季最熱的那一天獨自刷新紀錄，並停止參加社團活動。

就在我想著這些事情時，突然有人向我搭話。

「你在路中央幹什麼？」

我嚇了一跳。

說話者是我的同班同學，龍膽朱音。

以女孩子來說偏短的頭髮，在她的額頭上形成陰影，汗水從那裡緩緩流下。

現在明明在放暑假，她穿的卻不是便服，而是制服，大概是要去參加社團活動吧。

「我只是在發呆。」

我笑著蒙混過去後，朱音認真地替我擔心。

「該不會是中暑了吧。你還好嗎？要不要我去幫你買水？」

「我接下來要去圖書館。那裡的大廳有飲水機，所以不用擔心。朱音是要去參加社團活動嗎？」

朱音騎著自行車，小車籃裡放著被她隨意塞進去的包包。我對那個橘色包包有印象，朱音參加社團活動時常帶那個包包。

「色狼。」

朱音擅自曲解我的視線，開口責備我。

「為什麼啊？」

「因為你在看我的包包。你知道裡面裝的是什麼吧？」

「是泳衣吧？但不要這樣就叫別人色狼啦。」

然而，朱音在聽見我的回答後笑了。

「真遺憾，裡面裝的是內衣。」

「為什麼？」

「因為泳衣我已經穿在身上了。」

說完後，朱音掀起裙襬。從裙子底下隱約能夠看見黑色的學生泳裝。

「朱音。我給妳一個忠告，就算底下穿的是泳衣，這種事還是少做為妙。以前有首歌是這麼唱的，『男人個個都是狼，女孩千萬要小心』。」

「看吧，你果然是色狼。」

朱音大笑，看來這次是我慘敗。

不知不覺間，剛才還在心裡翻騰的情緒已經不曉得消失到哪裡去了。取而代之的，是另一種更加直接的感情跑了出來。不論是泳衣或內衣，原本都是藏在裙子底下讓人看不見的東西，光是這點，就足以刺激男人的本性。

這也是無可奈何啊。我在心裡替自己找藉口。

畢竟我也是個健全的高中二年級男生。

「謝謝招待。」

我不自覺地道謝，朱音立刻一臉厭惡地拉開距離。

「你……你……你這個變態！」

我明明是在向她道謝，為什麼要被人這樣嫌棄？

我稍微思考了一會兒後，才猛然發現自己的失言。

居然在看過別人的裙下風光後道謝，我是笨蛋嗎？這樣確實很變態。

「朱音，不是這樣的。」

「不然是怎樣。」

她的聲音聽起來像是真的覺得我很噁心。

「我雖然是色狼，但不是變態。」

「這有什麼差別！」

朱音愈離愈遠。啊，不對啦，真的不是那樣。不過我愈是否定，朱音就跑得愈遠。現在與其說是在和她說話，不如說是在對她喊話。

「喂～變態。」

「別叫得好像那是我的名字似的。我才沒有那種名字。」

「那麼，色狼。你還記得後天的約定嗎？」

啊，可惡。因為我剛才有承認自己是色狼，所以無法否定。

「我知道啦。六點在神社集合對吧？」

「沒錯～我啊～」

「嗯？」

「很期待喔～」

「這樣啊。」

「我會穿浴衣去，色狼先生可以好好期待喔～」

說完後，朱音沒等我回答，就開始踩自行車。我看著她騎向學校的背影，在腦袋裡想些無關緊要的事。嗯，真的非常無關緊要。

不曉得浴衣底下是不是真的不會穿內衣。

我在圖書館的大廳使用飲水機。冰涼的水通過喉嚨，掉進胃裡。

我以前不太會用這個。因為我沒辦法面朝下喝水。含在嘴裡的水，總是會順著重力從嘴裡漏出來。

這麼說來，我到底是從什麼時候開始變得會這樣喝水的？

記憶沉在深到讓人想不起來的地方，很難重新拉出來。其他還有吃飯、自己一個人上廁所，以及騎腳踏車等等。

大概就跟這些事一樣，等注意到時，就已經學會了。

我用大量的水滋潤完喉嚨後，前往自習室。一推開玻璃門，裡面的冷氣就漏了出來，感覺非常舒服。

我在牆邊的位子發現由希。

第一次見面的那天，她在桌上放了兩本書，但現在仍在看同一本。我跟由希已經認識了三天，但其實是我拖延到她的讀書進度。因為在那之後，我就拜託她教我念書。尤其是數學作業，如果沒有她幫忙，我根本就寫不完。

「早安。」

我主動走向由希，坐到她對面的位子。

「早安，小由。」

「抱歉，我來晚了。」

雖然我們事先並沒有約定時間，但我畢竟是受教的那一方，感覺應該要比較早到。

我刻意提早出門，甚至還用跑的過來，但因為今天和朱音聊了一會兒，所以來得比預期得還要晚。我在心裡下定決心，明天一定要更早出門。

「哎呀，不用在意啦。我也才剛到而已。」

「但果然還是不應該讓女孩子等。」

「呵呵。小由真的很認真呢。你這點完全都沒變呢。」

「咦？」

「沒事。比起這個，昨天的問題解完了嗎？」

「還沒，我怎麼樣就是解不開。雖然用的公式應該沒錯，但答案不對。」

「嗯～小由經常犯一些簡單的錯誤，或許意外地就是因為這樣，借我看一下。」

由希接過筆記後，看不到一分鐘就「啊」了一聲。

「你看，果然跟我說的一樣。」

由希受不了似的指著一段改寫算式的過程。

那裡似乎漏寫了一個負號。

我本來想笑著蒙混過去，結果被由希彈了一下額頭。「啪」的一聲，讓我反射性地按住額頭。和聲音相比，其實不怎麼痛，大概是由希有手下留情吧。

「對不起。」

「以後要多注意喔。」

「好的，老師。」

由希似乎很喜歡「老師」這個稱呼，笑著回答：

「很好。」

就算一直用功到閉館時間，太陽也還沒下山。現在還能清楚看見整顆太陽。

即使如此，夕陽的光輝仍替世界染上一層鮮豔的色彩，拉長了我們的影子。

我一如往常地送由希去車站，她在路上踩了我影子的胸口部位一腳。被踩到的地方傳來一陣劇痛，那裡正好是心臟的位置。

「妳在幹什麼？」

「踩影子。這樣小由也是我的同伴了。」

「咦，踩影子的規則是這樣嗎？我記得是用踩影子代替摸人，如果影子被踩到，就要和鬼交換身分。」

「什麼嘛。原來不是小由也會變得跟我一樣啊。」

「變得跟由希一樣是怎樣？」

由希將食指抵在下巴，做作地說道：

「呃～美少女？」

「不要自己說啦。」

我用手刀輕輕敲了一下由希的頭後，她就誇張地嚷嚷著：「好痛，怎麼可以使用暴力。打女孩子的人最差勁了。」由希盡情地抱怨，我一直保持沉默，專心聽她美麗的聲音。

由希噘起嘴巴的樣子十分可愛，根本就看不膩。

我們繼續往前走，影子的位置也跟著改變。因為我走在後面，由希的影子一移動，就剛好移到了我的腳底。

「接下來換由希當鬼。」

「唔。」

我們在街上轉來轉去，繞了不少遠路。

為了讓對方的影子移動到自己腳下，我們邊走邊計算太陽的位置。本來以為我的影子會移動到由希腳下，結果馬上就變成由希的影子被我踩在腳底。光是站的地方不同，看到的景色也會跟著變得截然不同。

一下往右彎，一下往左彎，或是轉進小巷子裡。我們只顧著在意太陽的位置和影子，不知不覺連自己人在哪裡都搞不清楚了。

我首先察覺情況不對。

「由希，妳認識這附近的路嗎？」

「不，我沒印象。」

「哎，反正也沒走很久，應該不會怎樣。試著往回走看看吧。」

「是啊。」

我一轉過身，由希就突然握住我的手。由希的手指迅速滑進我的指間。我體內的電子訊號瞬間被阻斷，身體完全僵住。由希像是為了舒緩我的緊張般，開始生澀地移動手指，最後在找到一個適當的位置後握緊。我們的手掌緊貼在一起，沒有一絲空隙。

「咦？」

「啊，抱歉。我是怕迷路，所以忍不住就……」

「呃，妳該不會覺得不安吧？」

「不是啦。應該說是小時候養成的習慣。為了避免和妹妹走散，我經常牽她的手。」

「原來如此。我也有過類似的經驗。」

由希似乎沒打算放手，所以我也沒說什麼，輕輕包住她的手。

我不曉得該怎麼控制力道。雖然由希的手和我的妹妹夏奈差不多小，但情況完全不同。摸由希的手要緊張多了。

「你可以再握緊一點。」

「咦？」

「我知道小由因為體貼我，所以想盡可能對我溫柔一點，但現在可以握緊一點，就像你以前在便利商店握住我的手時那樣。」

「我有做過那種事嗎？」

不知為何，由希一聽見我的疑問，就生氣地加重手上的力道。

「好痛。」

「可以握到這麼用力喔。」

「可是會痛吧？」

「為了不要離開，為了不要放開，我希望你握住我的手。」

「我知道了。」

我戰戰兢兢地加重手上的力道。手掌、臉頰和耳朵都開始發熱，我在心裡祈禱緊握的雙手不會分開。這到底是什麼。

這股熱度的名字——

「嗯，偶爾迷路也不錯呢。」

由希滿足地點頭。

「咦，啊，嗯。偶爾體驗一下這種非日常的狀況也不錯呢。」

「我不是這個意思。」

但稍微往回走後，我馬上就找到認識的路。看來剛才只比平常多走了一條路，接下來只要直走就會到公民館，然後走上大馬路。

「什麼嘛。看來根本就沒到迷路那麼嚴重。」

由希用力甩手，笑著看向我。手臂一下往前，一下往後。由希開心地笑著。這次輪到我甩手。由希嬌小的身體差點往前倒，但馬上又被反動給拉了回來。我也跟著開心地大笑。

我本來以為這會持續好一段時間，但由希突然停下動作。

她停止甩手，停下腳步，看著公民館的布告欄。上面貼了什麼稀奇的東西嗎？

「怎麼了嗎？」

「那個。」

由希指向本地夏季祭典的海報。黑色的紙上，刊登了煙火的照片。每年一到這個時期，商店街就會貼許多這種告示，所以這對我來說並不新奇。

「啊，是信女祭。時間是在後天。我——」

「那個，小由，如果你不介意的話。」

「預定要和班上的同學一起去。」

由希下定決心呼喚我的聲音，與我接著說出口的話同時重疊在一起。

「「咦？」」

接下來的驚訝聲，不僅是時機和內容，就連包含的感情都一致。不過由希比我還要早振作起來。我完全陷入混亂，沒辦法像她那樣。

「你什麼時候約好的？」

「咦？」

「什麼時候？」

「呃，兩天前的晚上，班上的人都說要一起去。」

「兩天啊。我以為是暑假，所以就大意了。」

由希仰望天空，懊惱地閉上眼睛。她的瀏海垂下來，碰到臉頰。我覺得她伸直的脖子非常漂亮。由希皺起眉頭，在嘆了口氣後鬆開手，她的體溫開始離我遠去。

「……約定真的消失了。」

由希丟下我獨自離開。要是我能叫住她就好了，但我尚未從混亂中恢復，根本開不了口。

走了一段路後，由希回頭看向這裡。她背對光源，所以我看不清楚她的表情。

「再見。」

然後，由希再次轉身離開。因為她說了「再見」，所以我以為明天一定能再見面，甚至還漫不經心地對著她的背影喊了聲「再見」。

不過，隔天，以及再隔天，由希都沒有去圖書館。

❄

『我說妳啊，如果不穿這個，裡面會透出來喔。』

我把浴衣套在襯裙外面時，感覺聽到了聲音。那是老人特有的沙啞嗓音，以及不曉得來自哪裡的方言。『沒錯，把手穿進袖子裡，然後拉緊。妳滿會穿的嘛。再來要調整那裡。要打扮得漂亮一點才行。嗯，感覺不錯。』

我環視周圍，但旅館的房間裡當然只有我一個人。

『這裡要像這樣捲起來。』

我照著老奶奶的聲音去做後，即使間隔了一年，還是漂亮地穿好了浴衣。這是件深藍色的浴衣。上面畫了一條紅色的金魚與一條黑色的金魚在河裡游泳的樣子。這是一個只見過一次面，連名字都不曉得的老奶奶留給我的衣服。

我在鏡子前面轉了一圈，確認浴衣上沒有皺褶。嗯，完美。唯一的遺憾，就是這身打扮和這個西式房間不太搭調。

浴衣還是和老奶奶以前住的那間老舊又令人懷念的房子比較配。

我是在距今正好一年前的夏天，遇見那位老奶奶的。

那一天，我和小由約好要一起去參加夏季祭典。如果夏季祭典就是要有煙火，那當然也要有浴衣，所以我前往一間隨處可見的老舊民宅。

其實我一直很在意那裡。

因為那棟房子的大門前面，立了一塊寫著「浴衣、和服出租」的看板。我一推開那扇高度只到我腰際的木門，就發出「嘰」的一聲，門後面是一條通往主屋的小路。走到底後，就看見一位老奶奶坐在屋外的檐廊上，搖著扇子乘涼。

老奶奶瞇著眼睛，她臉上的皺紋讓我一時找不到她的眼睛在哪裡。純白的頭髮充滿光澤，看起來有經過細心保養。

「哎呀，是誰來了？」

不知道為什麼，老奶奶的語氣明明充滿威嚴，卻又隱約給人一種溫暖的感覺。

「那個，我是因為看見外面的看板，所以才想來借浴衣。」

「看板，看板。哦～那個啊。不好意思，其實很久以前就沒在做了。」

「咦，是這樣嗎？」

我沮喪地垂下肩膀。其實我一直都很憧憬穿浴衣這件事。

老奶奶向我道歉，同時像是覺得愉快般搖著扇子。

「話說，小姑娘，妳長得可真漂亮。妳還想再變得更可愛啊？」

「……嗯。」

「是因為男人？」

「嗯。」

「妳喜歡他嗎？」

老奶奶笑著問道，但遺憾的是，這和她想像的有點不太一樣。

「不，但我希望他能說喜歡我。」

「妳真是個壞女人。」

「是嗎？」

我當然有所自覺，但還是裝傻地如此回應。

「哎，雖然女人還是像妳這樣堅強一點比較好。不過，這樣啊。既然如此，就必須讓妳再變得更可愛一點才行了。哎，反正我應該也沒機會再穿了，這也算是緣分。我就送妳一樣好東西吧。」

老奶奶吃力地起身，緩緩走進家裡。我不曉得該如何是好，所以只能呆站在庭院裡等，過了一會兒，老奶奶從屋裡呼喚我。

「喂，妳在外面幹什麼？進來吧。我來幫妳打扮一下。」

我按照老奶奶的指示，從檐廊走進屋子裡。包含家具在內，屋子裡幾乎沒什麼東西。感覺只有最低限度的生活用品。在那些物品當中，只有一個衣櫃顯得特別高級，老奶奶正小心地在那裡翻找東西。

房間裡充滿了老房子特有的氣味。那個味道裡混雜了各種東西——生活、衰老，以及死亡，彷彿人的一生都被濃縮在這股濃厚的空氣當中。

我非常失禮地在這個家裡面東張西望，過不久，就聽見老奶奶喊著「找到了，找到了」的聲音。

「雖然有點舊，但應該還能穿。快把衣服脫掉，換上這個吧。」

老奶奶拿出一件明顯要價不菲的深藍色浴衣。

「咦？」

「動作快一點。」

老奶奶的聲音嚴厲又堅定，讓我只能乖乖脫下衣服。

就在我打算直接披上浴衣時——

「我說妳啊，如果不穿這個，裡面會透出來喔。」

說完後，老奶奶交給我一件襯裙。那件附了肩帶，會從胸部一直蓋到腰際的內衣看起來實在太寒酸，讓我有點猶豫，但最後還是默默照做。

「沒錯，把手穿進袖子裡，然後拉緊。妳滿會穿的嘛。再來要調整那裡。要打扮得漂亮一點才行。嗯，感覺不錯。」

老奶奶堅持不肯幫我，但只要我穿錯，她就會不厭其煩地反覆提醒我。就在我煩惱腰帶要怎麼綁時，老奶奶向我問道：

「妳是要去參加信女大人的祭典吧。」

「嗯。」

「我年輕時也跟老伴去過。」

「是喔。」

「不過自從老伴走了以後，我就再也沒去了。而且煙火的顏色，現在也已經進不了我的眼裡。」

「是這樣嗎？」

「不是因為年紀，是心情的問題。那裡錯了。嗯，抓住那裡。」

「這樣嗎？」

「沒錯。像這樣往後拉緊。很好，這樣就穿好了。」

等我注意到時，鏡子裡的我已經換好了浴衣，這讓我有點感動。

「嗯，真漂亮。這樣不管是哪個男人，都無法抵擋妳的魅力。去好好讓他說喜歡妳吧。然後不管是明年，還是更久以後，都要帶著笑容穿這件浴衣喔。」

我向老奶奶道完謝後，直接前往與小由約定的會面地點。

他一看見我，就睜大了眼睛——我從來沒見過他這麼驚訝——然後像隻被淋溼的狗般用力甩頭。我本來還期待他會稱讚我可愛或漂亮，所以對他的反應有點不滿，不過能看見他臉紅的樣子，也算是夠本了。

我們在橋上等煙火時，一起吃了刨冰。

「由希，妳知道刨冰的糖漿其實味道都一樣，只有顏色不同嗎？」

我在舌頭變成檸檬色的小由旁邊，將被染成藍色的刨冰送進嘴裡。雖然一開始還能咬個三下左右，但刨冰馬上就在嘴裡融化，失去口感。

「原來是這樣啊。」

其實我早就知道了。

因為那是我之前借他的小說裡面寫的內容，但小由不知道這件事。在他的記憶裡，他應該以為自己是去圖書館借的吧。

「這是我之前從小說裡看來的。」

「那麼，這個和那個的味道都一樣嘍。」

「好像是。」

「來試試看吧。」

我沒等小由同意，就用自己的湯匙從他的杯子裡挖了一口檸檬色的刨冰來吃。小由「啊」了一聲。刨冰吃起來好甜。

「怎麼樣？」

「嗯～吃不太出來。小由也來吃吃看吧？」

這次我換挖了一口自己的刨冰，送到他的嘴邊。他看起來有點困擾，但我假裝沒有發現。我裝出困惑的表情，問他怎麼了。

小由猶豫了約兩秒後，才放棄似的吃下我餵他的刨冰。

「怎麼樣？」

「確實吃不太出來。感覺好像一樣，又好像不一樣。」

「雖然吃起來都甜甜的。」

我們像這樣閒聊時，一朵花彷彿要打斷我們的對話般，在空中綻放後凋謝。劇烈的聲響震撼心臟。顏色和我們的舌頭一樣，由光構成的花朵，逐漸改變世界的顏色。變藍，變綠，變黃，然後變紅。

「真漂亮。」

我如此說道。

「是啊。」

他也跟著說道。

所以，接下來的發展也很自然。

「希望明年也能跟小由一起看煙火。」

「好啊。再來一起看吧。」

那大概就是我自事故以來，首次對未來抱持期待的瞬間。

哎，雖然那樣的未來根本就沒有來臨。

我獨自穿著和那天一樣的浴衣，一個人前往神社。

對我來說有點太大的木屐，每次碰到地面都會喀喀作響。

我在一棟已經被賣掉的老房子前面停下腳步。

外面的木門，被用像鐵絲的東西牢牢綁住。去年的祭典結束後沒過幾天，這裡就變成這個樣子了。

——去好好讓他說喜歡妳吧。

那個說完這句話後，張大沒有牙齒的嘴巴露出笑容的老奶奶，已經不在了。

只有這件浴衣，能夠證明我曾經與她交流過。

「對不起，老奶奶。難得妳把我打扮得這麼漂亮，我卻辜負了妳的好意。」

❀

前往神社時，我總覺得腳步有點沉重。

我對去祭典這件事本身並沒有什麼不滿，但從昨天開始就一直是這種感覺。我的心裡一直在掛念一個女孩子。

「哦，瀨川真的來了。」

已經聚在神社境內的同班同學在看見我後如此喊道。

大概是因為我平常都不會參加這種活動，所以讓他們嚇了一跳吧。我經常獨自參加各種活動，大家也都認為我喜歡獨處。去年的信女祭，我也是獨自吃著刨冰，欣賞煙火。

每個男生的打扮都差不多，不是上衣配短褲，就是上衣配牛仔褲，但有幾個女孩子是穿浴衣。說到這個，朱音好像也說過她會穿浴衣來。

「真失禮。既然之前都答應過了，那我當然會來。」

「你幹麼那麼生氣啊。」

我忍不住激動起來，有幾個人被嚇得與我拉開距離。

「算了啦，阿春大概是不習慣這種事，所以有點不知所措吧。」

在替我緩頰的同時，將粗壯的手臂搭到我脖子上的人，是我的朋友卓磨。他在極近距離對我喊了聲「對吧」，讓我同時感覺到一點壓迫感與關心。既然明白他的好意，如果再繼續意氣用事，就太不成熟了。我放鬆了肩膀的力氣。難得有人邀我出來玩，怎麼可以不好好享受呢。

「啊，抱歉。其實我作業還剩很多沒寫，所以有點焦躁。」

「哦。原來阿春這個秀才，也會遇到這種事啊。」

我明白卓磨的意圖，所以心懷感激地配合他。

「你是在挖苦我嗎？明明你的成績就比我好。」

「因為我是天才啊。」

「喂，大家要不要一起來扁卓磨？」

我一這麼說，就有幾個男孩子刻意大聲贊同。

「就這麼辦吧。」、「嗯，拿他來血祭。」——只是大家的回應比我想像中還要殘忍。

「喂，住手啊。我是跟你們說真的。好痛。是哪個笨蛋瞄準我的要害？」我瞬間與被男孩子包圍，開始大吵大鬧的卓磨對上視線。他笑了一下。我也點頭回應。這場喧鬧將剛才的尷尬氣氛一掃而空。這樣就行了。雖然好好面對彼此也很重要，但我們都還只是孩子，沒辦法那麼堅強。

在那之後，卓磨用嘴型示意我差不多該去救他了。不僅如此，他還以拙劣的方式，不斷向我眨眼睛。

我當然直接搖頭拒絕。

他到底想要我怎麼做？現在狀況已經脫離我的掌控。在最後絕望地喊了聲「騙人的吧」後，卓磨魁梧的身軀就被眾人掩埋，再也看不見了。我合掌替他祈禱。南無阿彌陀佛。

我就是在這時候感覺到視線的。

回頭一看，我發現遠方站了一個女孩子。她瞇起眼睛，像是在看什麼耀眼的事物。她穿著一件深藍色的浴衣，上面畫了一條紅色的金魚與一條黑色的金魚在河裡游泳的樣子。

我暫時離開大家的圈子，想要呼喚少女的名字，但在我喊出她的名字之前，已經有人先叫我了。

「喂～阿春。」

「咦？」

叫我的人是朱音。她和之前說的一樣，換上了浴衣。她身上的淡綠色浴衣，開著藍色與黃色的牽牛花。個性活潑的朱音，很適合這種明亮的顏色。

就在我被朱音的聲音分散了注意力時，之前的少女已經消失在黑暗當中，變得不見蹤影。

「由希。」

我輕聲呼喚少女的名字。

這是我唯一能做的事。

朱音來到我的身邊後，困惑地問道：

「雪？現在明明是夏天？」

「呃，沒什麼啦。話說妳穿浴衣很好看呢。」

「咦？是嗎？欸嘿嘿。」

在我們講話時，勉強從地獄中生還的卓磨呼叫大家集合。朱音說了聲「走吧」後，就跑去和大家會合。我也跟著緩緩踏出腳步。

最後，我再次依依不捨地回頭，但那裡果然還是沒有人在。

名為信女祭的地方夏季祭典，已經有一百五十年以上的歷史。

表面上的名義，是用來讚頌神社的女兒信女，她後來成了擾亂人世的龍神的妻子。不過這裡的龍神指的是河川，所以實際上這個儀式，應該是用來安撫為了平息洪水，而成為活祭品的女孩子的靈魂。

今天晚上，眾人也同樣為了信女大人敲響太鼓，吹奏笛子。

我聽著從祭典場地的中心傳來的喧囂聲，獨自坐在石階上檢視自己的戰利品。

奶油馬鈴薯、五支烤雞串，以及小雞蛋糕。對零用錢有限的高中生來說，分享食物似乎是一種常識。

其他人也都各自去買方便共享的食物了。

等了一會兒後，只有朱音一個人回來。她手上拿著兩瓶彈珠汽水、三支烤牛肉串和一盒章魚燒。朱音笑著對我說「久等了」。

「來，這個給你。要對其他人保密喔。」

朱音將淡藍色的瓶子遞給我。

「這樣沒關係嗎？」

「嗯。不過我只有買我和阿春的份。所以要在大家回來前喝完喔。」

「我知道了。謝謝。其他人還沒回來嗎？感覺他們已經去很久了，有這麼多人在排隊嗎？」

我道完謝後，收下彈珠汽水。大概是原本泡在冰水裡，摸起來還很冰。我用舌頭推開彈珠，讓汽水流入喉嚨，強烈的氣泡感刺激我的胸口。

「哎呀，真不曉得該說他們體貼，還是多管閒事。」

「什麼意思？」

「沒事，不知道就算了。你還不用知道。」

朱音也坐到我旁邊，稍微紅著臉點了幾下頭。

我在朱音的旁邊，茫然地眺望祭典的喧囂，小口喝著彈珠汽水。好多聲音，好多顏色，好多人潮。這裡充滿了各式各樣的東西。

我和朱音邊等邊閒聊了一會兒，但班上的同學一直沒有回來。

「再怎麼說都太慢了吧？我去找他們一下——」

我正打算起身時，朱音開口說道：

「……我今天好像有點太興奮了。」

「咦？嗯，畢竟是祭典啊。所以就算多少有點激動，也很正常吧。」

「嗯。是嗎？或許就是這樣吧。」

清涼又溫和的晚風，吹動著我的頭髮。

「不過，感覺阿春今天有點心不在焉。」

「……才沒這回事。」

這是我的真心話。我今天真的過得很開心。和卓磨他們一起瞎鬧，欣賞女孩子可愛的浴衣打扮，感受祭典的氣氛。這些都讓我發自內心地笑了。不過——

「那麼，你現在打算去哪裡？」

「我不是說要去找大家嗎？」

「真的嗎？不對吧。雖然阿春可能沒發現，但你今天的表情就像個迷路的孩子。你到底在找什麼？」

朱音再次問道，這次我無言以對。

迷路的孩子嗎？

或許就像朱音說的那樣。

即使笑著和大家聊天，在我腦袋裡的某處，依然想著其他事。無論是在攤販前面排隊，還是在石階上等待大家時，我的視線都一直在四處徘徊。我在等待與尋找的人不是大家，而是由希。

我真正想見的，只有一個女孩子。

我回想起從手掌傳來的堅強、感觸與溫暖。

等我察覺這份感情時，身體已經開始行動了。

「抱歉。我稍微離開一下。」

「咦？」

「我想找一個人過來。朱音先和大家會合吧。」

朱音在後面喊了聲「等一下」，但我沒有停下腳步。

我不斷奔跑，不斷尋找，我想等找到她後，約她一起看煙火。我要鼓起所有的勇氣邀請她。

不曉得由希會不會嚇一跳，會不會覺得高興。希望她會覺得高興。要是她能對我笑，那就更好了。

我擠進人群裡，扭轉身體四處張望，讓景色不斷旋轉。如果找了幾次還是沒看見就繼續跑，然後不斷持續這樣的過程。

跑到一半時，我與卓磨擦身而過。

「阿春，你在幹什麼？朱音怎麼了？」

「抱歉。我趕時間，之後再跟你解釋。」

「啊？說真的，你到底要去哪裡啊。喂，朱音呢？」

卓磨不太高興的聲音從背後傳來，然後逐漸遠去。

在哪裡，由希到底在哪裡？

❄

世界一片寂靜，彷彿時間停止了一樣。我在心裡倒數。三，二，一，零。在倒數結束的同時，一聲巨響劃破寂靜，下一個瞬間，遠方響起一陣歡呼。

煙火開始了。

以那個爆破聲為契機，剛才看見的光景在腦中復甦。他被班上同學圍繞的樣子，看起來好開心，好熱鬧，讓我感到有點心痛。

我無法控制自己的感情，只能仰望聲音的方向。

紅色的花朵照亮黑暗。

不過，那也只是一瞬間的事。

咦，這是怎麼回事。好奇怪。
我困惑地想著。
色彩從世界消失。
聲音也消失了。
去年還覺得非常美麗的煙火，看起來彷彿褪了色。
感覺就像在看沒聲音的黑白電視。
所以我對煙火失去興趣，無奈地看向眼前的海報。海報上用了去年煙火的照片。這邊的煙火看起來果然也失去了光彩。唉，真無聊。感覺有點寂寞。明明是我先約好的。
「小由這個……」
我用無法傳進任何人耳裡的聲音低喃道。
「笨蛋。」

❀

煙火開始的聲音，讓我的內心焦急不已。爆破聲劃破夜晚的空氣。怦怦怦。心臟配合那些聲音愈跳愈快。

煙火再三十分鐘就會結束。某人開始大喊「玉屋～」。其他地方的人也不甘示弱地大喊「鍵屋～」（註：兩者都是江戶時代著名的煙火商家，後來衍生為對煙火的讚嘆聲）。

我離開會場，前往最能看清楚煙火的橋上。

不在。

我跟著人潮往車站的方向前進。那裡有和小孩子一起牽手的老爺爺、五個像是小學生的男孩，以及用手機拍照的大學生。

大家都在仰望天空，只有我仍在地上掙扎。

喉嚨與其說是發燙，不如說是發疼。呼吸一直無法平復，我只能不斷大口喘氣，但不管再怎麼用力吸氣，空氣都還是不夠。我感到頭昏腦脹。好痛苦。呼。好難受。

我握緊被汗水打溼的上衣，隨手擦掉跑進眼睛裡的汗。即使如此，我還是繼續奔跑。

她不在車站。

圖書館附近也沒人。

啊，開始放連發煙火（Star Mine）了。好幾種聲音，好幾種色彩連續染上夜空。馬上就要進入最後的高潮了。

「可惡。」

我咒罵了一聲後，彎進曾和由希一起走過的小巷子。

她當時曾握著我的手甩來甩去，所以我也甩了回去。我們一起笑得好開心。

火焰在漆黑的夜空中炸開，灑下光雨。那美麗無比的光景，宛如流星群一般。我在奔跑的同時祈禱，向幾十幾百道拖著長長軌跡的光芒許願。這應該不是什麼困難的事。所以幫我實現吧。

帶我去找那個女孩。

穿過小巷子後，我又跑了一段路才停下腳步。

一座路邊的電話亭，隱約照亮了一棟我認識的建築物。

我忍不住深深嘆了口氣。

由希在那裡。

她站在公民館的布告欄前面，輕輕將手放在夏季祭典的海報上。由希身上穿的是我兩小時前才剛看過的浴衣，但她完全沒在看空中的煙火。煙火的光芒，讓由希的側臉一下變藍，變黃，變綠，然後變紅。

或許是放鬆後就使不上力，我已經完全跑不動了。我只能一步一步地緩緩走向她。

「由希。」

「你怎麼在這裡？」

由希的表情從驚訝轉為困惑，最後她皺起眉頭，以銳利的眼神瞪向我。她原本就五官端正，吊起眼睛後更是魄力十足。

即使如此，我也不能退縮。

「我是來聽之前沒聽到的那段話的後續。」

那些由希當時因為被我打斷，而未能說出口的話。

「現在才來說這個？小由真是壞心眼。」

「嗯。」

還差五步。由希逐漸低下頭。

「你應該知道我當時想說什麼吧。」

「大概知道。」

還剩四步。由希的身影開始逐漸變大。

「你明知道我當時想說什麼，但最後還是什麼也沒說。」

「對不起。」

我踏出第三步。

「而且，而且啊，你明明是男生，居然還想要我主動開口？」

然後，剩下兩步。

「真是個膽小鬼。」

我貪心地踏出最後一步。

由希已經在我伸手可及的地方。

「那就由我來說吧。妳願意陪我一起看煙火嗎？我覺得如果跟妳一起看，應該會非常開心。」

「……」

「不行嗎？」

「……不行喔。」

「為什麼？」

「因為，煙火已經結束了。」

由希重新抬起頭。她的眼角還確實留有悲傷與憤怒的痕跡，但臉上已經換成了笑容。

「由希也滿懷心眼的呢。」

由希仰望天空時，最後一發小煙火剛好被打上天空。

只有站在她身邊的我，目睹了她的黑色眼眸染上紅色光芒的瞬間。

Contact.213

第兩百一十四次告白

「妳到底是誰？」

一個不認識的女孩子向我搭話。

我當時剛與小由道別，準備回車站前的旅館。

她的聲音裡，包含了女孩子天生就有的堅強與些微的不安。

我突然想起直到剛才為止，都還跟我在一起的男孩子。

一股不好的預感，讓我感到口乾舌燥。明明好的預感通常都不會應驗，不好的預感卻有很高的機率應驗，真是太惡質了。所以這次一定也——

「我才想問妳是誰？」

為了不讓對方察覺我心裡的想法，我努力裝出低沉的聲音。只要我這麼做，大部分的人都會變得啞口無言。我的聲音似乎就是這麼有威嚴。

不出所料，眼前的女孩子也睜大眼睛，被我的氣勢壓倒。

我本來想就這樣轉身離開，她卻抓住了我的手臂。

「幹什麼？」

「那個……」

少女的聲音已經不像剛才那麼有氣勢。即使如此，她還是不願意退縮。少女緊盯著我的眼睛，她的眼神散發出像夏天太陽的光芒——炙熱、銳利又耀眼。

這讓我再次領悟到自己無法逃跑。無論我再怎麼想蒙混過去，只要我不正面面對這個少女，她就絕對不會放我離開。我跟她都是女孩子，所以彼此都對這點心知肚明。

「總而言之，可以請妳先報上名號嗎？」

「啊，說得也是。抱歉。我叫龍膽朱音。呃，那麼，妳呢？」

我對這個名字有印象。

小由曾經多次提到這個名字。

不好的預感逐漸化為現實。感覺就像有個來路不明的粗糙物體，在舔舐我的脖子和背部一般，讓人感到非常噁心。

即使如此，我還是按捺住從心裡湧出的各種情緒，輕吐了口氣，將垂下來的頭髮撥到耳後。這樣應該會顯得比較游刃有餘。希望能夠稍微牽制她。

「我叫椎名由希。妳就是朱音啊。我聽小由提過妳。」

「小由是誰？」

「瀨川春由。我都是這樣叫他的。妳是他的同學吧？」

即使從我這個同性的角度來看，朱音也是個漂亮的女孩。

纖細的肢體不只是苗條而已，還蘊含著柔韌。雖然她擁有長長的睫毛，眼神也充滿英氣，但深處還是潛藏著基於直率而生的軟弱。柔順的頭髮也單純讓我感到羨慕。

男孩子應該都無法抗拒這種女孩吧。

喉嚨渴得更嚴重了。

「那麼，朱音找我有什麼事？」

「呃，嗯。椎名同學，請問妳和阿春是什麼關係？」

叭。

某處響起車子的喇叭聲。感覺很近，又好像很遠。

這件事發生在我十九歲的冬天。

我就這樣與龍膽朱音相遇了。

我告訴朱音這不是站著說話就能解釋清楚的事後，沒有回答她的問題，就直接前往一間已經光顧過好幾次的咖啡廳。我找到那間靜靜佇立在路邊，沒什麼人光顧的店家發出的光芒後，忍不住鬆了口氣。我一推開門，門上的鈴鐺就跟著響起。

看起來一點都沒變的大姊姊，笑著過來說「歡迎光臨」，我簡單回答只有兩人後，就快步走去第一次來的時候，和他一起坐過的靠窗座位。

「那個，椎名同學。」

我一入座，朱音就突然呼喚我的名字。

幸好她叫的很小聲，所以我假裝沒聽見，向大姊姊點了一杯熱的黑咖啡。朱音什麼都沒點，只是一直盯著我看。

大姊姊離開後，我用比想像中還要僵硬的聲音問道：

「妳有來過這間店嗎？」

「沒有。」

「這樣啊。我有跟小由一起來過喔。」

我到底在得意什麼啊。明明如果真的要比，輸的人一定是我。因為那樣的事實，早就已經不存在於這個世界了。

必須依靠這種事的我既滑稽，又有點悲哀。

「我希望妳能回答我的問題。」

或許是對我的發言感到不悅，她將話題拉了回來。

但聲音果然還是很小。

「……什麼問題？」

「妳和阿春是什麼關係。」

我明明沒有想加點，卻拿起菜單慢慢翻頁。先是咖哩飯，然後是三明治。吶，朱音，妳知道小由喜歡這裡的義大利麵嗎？

「就算妳這麼問，我也很困擾。」

下一頁記載了藍山與吉力馬札羅等咖啡的名字。旁邊則是各種紅茶的名字。我曾經和小由認真討論過到底有誰會點一杯一千圓的紅茶，他堅持主張只有大老闆會點。

「是朋友嗎？」

「誰知道呢。」

「單純的熟人？」

「有點難說呢。」

「……應該不是女朋友吧？」

我反射性地闔上菜單。糟了。我無奈地將菜單放回原本的地方，然後才總算將臉轉向朱音。

「我說啊，這和妳有什麼關係？妳只是他的同學吧？」

「並不只是同學而已。」

「那是什麼？熟人？還是朋友？」

我用她幾十秒前說過的話來反擊。

「應該不是女朋友吧？」

「是這樣沒錯。」

朱音的眼神裡，瞬間透露出和剛才不同的感情。那是憤怒，或是敵意。嗯，這樣比較好，因為比較方便應戰。

如果是像剛才那樣直率的目光，會讓我覺得自己很悲慘。畢竟我已經無法像她那樣看別人了。

「那麼，不管我和小由是什麼關係，都與妳無關吧。我沒有必要向普通的同學回答這個問——」

我還來不及把話說完。

就聽見「啪」的一聲。

等臉頰開始發燙後，我才注意到自己被打了。

「我說過不只是同學了吧。我已經喜歡他很久了。」

「就算是這樣，也是妳在單戀吧。」

我以過於冷靜的態度如此斷言後，朱音再次舉起手。

這次我已經知道她生氣的沸點，所以能夠做好心理準備。

然而，她緩緩地，無力地放下舉高的手。

朱音咬緊嘴唇，眼角也開始泛淚，她粗魯地抓起包包，說了句「對不起，打了妳」後，就離開了。

我鬆了口氣，一口氣放鬆肩膀。幸好沒被朱音發現我的手還在發抖。其實我本來不想用這種方法，但既然朱音不肯放過我，那我也不能退縮。

尤其她又是個有魅力到讓人覺得不甘心的女孩子。

既然有無論如何都不能退讓的事物，那我們就只能成為不共戴天的敵人。

過不久，大姊姊就端了咖啡過來。她什麼也沒說，只是用一如往常的笑容輕輕將咖啡放到桌上。唉，為什麼我要點這種東西呢？我啜飲著冒著熱氣的咖啡，然後忍不住板起臉。

「好痛。」

舌頭傳來一股刺痛。

感覺這杯咖啡比至今喝過的每一樣東西都還要苦。

——

早上一醒來，我就覺得夢的碎片正逐漸淡去。

我偶爾會有這種感覺。就像抓在手裡的雪會在融化後流失一樣，根本就無法挽留。

夢裡的我和某人手牽著手，一起歡笑。

不過醒來後，我根本就想不起來那個人是誰。當時懷抱的感情也跟著消失了。最後甚至連自己曾經作過那樣的夢都忘記了。

我應該也會再次像這樣，從他的記憶裡消失吧。

曾經是國二男生的小由，現在已經是高三生了。

雖然他以前比我矮，但後來長高很多，我現在已經必須抬頭看他了。他的長相也不再像以前那樣稚嫩，現在應該不會有人覺得他長得像女孩子了吧。

這證明我們確實度過了「四年」這個不算短的時間。

不過小由的這四年裡，根本就沒有我的存在。

每個星期二，晚上十點五十四分，世界就會抹消我的存在。

就像純白的積雪一到春天就會消失，變得不見蹤影一樣，在過去的世界根本就找不到我的存在。

在這樣的日子當中，我持續與小由相遇。

這一切都只為了一個目的，我無論如何都必須讓小由喜歡上我。

我沖了個澡後，開始認真準備。小由喜歡的髮型、小由可能喜歡的衣服。他好像喜歡女孩子穿偏大的外套，並覺得稍微從袖子裡露出來的手指很可愛。他曾經用充滿熱情的聲音，告訴我那叫做「萌袖」。

我有點不太能理解。不過既然他喜歡，那就沒辦法了。就穿給他看吧。

我花了許多時間，努力打造能讓小由喜歡上的我。
最後噴上一點注入了願望的甜甜香味。
他曾說過不會忘記的櫻花香味。
走出旅館時，天空已經變成灰濛濛的一片。
感覺隨時會下雪。
要是會下雪就好了。
希望能夠積雪。
明明都走到外面了，我還是特地再跑回旅館的房間，將紅色手套丟到床上。我自己也不曉得為什麼要把蒼白的手給露出來，只能先彎曲一下變紅的手指，然後再次趕去學校見小由。
到今天為止，我已經向小由搭了兩百一十三次話。
小由一次也沒說過喜歡我。
❀

椅腳摩擦到地板，發出尖銳的聲音，讓我從手邊的筆記抬起頭。

進入自由到校期間後，三年級的教室今天也出現許多空位。坐在我前面的二條已經將近一個星期沒來學校了，所以我很久沒聽見這個聲音。

不過坐在椅子上的，並不是那個頭髮明顯很刺的同學，而是將一頭柔順的秀髮留到肩膀附近的女孩子。雖然不說話時，或許會讓人覺得是個楚楚可憐的美少女，但她毫不掩飾自己粗枝大葉的個性，笑著說道：

「喲，阿春。」

「原來是朱音啊。」

「你那是什麼態度。是對我有什麼不滿嗎？」

現在看起來不滿的人，應該是朱音才對，她不悅地噘起嘴巴。若按照平常的模式，她接下來一定會賞我一拳，我得小心一點。

幸好我剛好有個能夠拿來轉移的話題，所以決定好好利用。

「沒這回事。我只是稍微嚇了一跳。畢竟妳平常很少把頭髮放下來，所以我一時沒認出是誰。妳給人的印象變了很多呢，妳的頭髮差不多留半年了吧？」

「啊，嗯。在姊姊的指導下，我也有努力保養喔。雖然很麻煩，但還滿有趣的。」

自從夏天退出社團後，朱音就慢慢變得愈來愈有女人味。

她不僅把頭髮留長，甚至還化了淡妝。雖然如果不仔細看就不會發現，但朱音原本就長得很漂亮，所以光是這樣就足以讓她魅力大增。光是只算我知道的，朱音在這半年裡就甩掉了五個人。

或許是因為我一直毫不客氣地盯著朱音看，她玩弄著自己的髮梢——

戰戰兢兢地問道。我茫然地想著這瞬息萬變的表情，也算是她的魅力之一。

「有哪裡奇怪嗎？」

「一點都沒有。我覺得很可愛。」

「哦，那就好。啊，差點忘了辦正事。我剛才和卓磨聊過。今天放學後，要不要一起去神社祈禱考試合格？」

「前陣子不是才剛去過嗎？」

「這種事去幾次都沒關係啦，大概。」

是這樣嗎？神難道都不會對跑來祈禱好幾次的人感到厭煩嗎？還是會因為這樣感受到誠意，實現人們的願望呢。

哎，不管怎樣——

「不，今天就算了。我已經和別人約好了。」

我都只能搖頭拒絕。

因為我和最近認識的女孩子有約。

朱音一聽，就突然皺起眉頭，氣氛也為之一變，感覺就像夏天的雷陣雨。她的臉色烏雲密布，讓人覺得會下豪雨和打雷。

「……是椎名由希同學吧？她長得很漂亮呢。」

「啊？妳怎麼知道？」

「哦，果然是這樣。阿春最近經常和那個人在一起吧？明明就快要考試了，你還真是遊刃有餘呢。我們可是考生喔。應該沒那麼多時間和那種來路不明的人玩吧？」

「才不是妳想的那樣。」

「總而言之，我們約好嘍。」

朱音完全不給我反駁的機會。她講得很大聲，所以班上的同學都看向這裡。其中幾個人的眼神甚至變得閃閃發光。那些人都是女孩子，似乎是在等著看好戲。

「喂，等等，朱音。」

朱音對我的話充耳不聞，迅速走出教室，但我還是不得不大喊：

「我就說和別人有約了。」

＊

三點半的鐘聲一響，我就從電線桿旁邊移動到校門前面。我昨天和小由約下午四點在校門口見。

我用小鏡子稍微整理頭髮，重新圍好圍巾，朝冷到發疼的指尖吹氣。指尖瞬間變暖，但馬上又變回冰冷。等小由來了以後，再一起去吃點熱的東西吧。作為努力念書的獎勵，我不介意今天請客。

然而，不管等到四點，或甚至四點半，小由都沒有出現。

我並未感到擔心。因為我知道一定是有什麼理由。

例如向老師請教不懂的問題之類的。

即使如此，我的腳依然無視理性，擅自走向學校。我的腦中浮現出昨天第一次見到的那個女孩子的身影。她長得很漂亮。一想起她直率的雙眼，我就感到心痛。好痛苦。吶，小由。我好痛苦。這是為什麼呢？

愈接近學校，學生就愈多。我加快腳步。

這是我第一次走進學校裡迎接他。

我至今都沒有踏入小由的學校生活過。

小由因為和我在一起，而被奪走了許多時間。

那些原本應該會和家人或朋友一起度過的時間，後來都變成他一個人度過。在小由的回憶裡，他大部分的時間都是孤身一人。

所以我想至少不能剝奪他的學校生活。這是為了避免小由長大後回想時，會發現自己學生時代都是獨自度過。

而我現在就是急迫到連自己訂下的規則都無法遵守的程度。

我沒穿制服，看起來也不像老師，所以一穿過校門就變得非常顯眼。我感覺到許多視線，明明平常早就習慣了，今天卻覺得有點在意。

甚至還一反常態地，開始在心裡想著「如果我是這裡的學生，就不會被人用這樣的眼光看待了」。

❀

不管我怎麼喊，朱音都不理我。她似乎難得真的生氣了。雖然我應該是碰觸到她的某個逆鱗，但我不曉得是什麼。每次一下課，我就跑去找朱音，向她搭話，但她總是馬上就躲到女生廁所裡，害我根本就無法跟她好好談。

這樣的過程持續了六次以上，等我注意到時，已經放學了。

「我已經說了很多次。我今天跟別人約好了。朱音，聽我說啦。」

我們走在通往社團大樓校舍的走廊上。鋪在底下的板條地板，因為我們兩人的體重而不斷晃動。

「我有在聽啊。阿春是在說比起我，那個剛認識不久的人更重要吧？」

「不是那樣。不然明天，明天一起去怎麼樣？」

或許是受不了一直在講相同的事，朱音總算轉向我這裡。

此時，發生了有點不可思議的事。我本來以為朱音在生氣，所以做好了被她瞪的心理準備。然而，朱音轉過來時，首先露出驚訝的表情，頓了一拍後，才總算瞪向這裡。她剛才那個表情到底是怎麼回事？

「……我知道了。那你稍微借我一點時間。一下子就好，跟我來。」

然後，朱音就抓著我的制服衣角，繼續往裡面走。

「朱音，等等。我會跟妳走，不要一直拉我啦。」

我拚命調整姿勢以免跌倒，跟在她的後面。

＊

我一直在找小由，穿過中庭，來到另一側的走廊時，我聽見了那個聲音。聲音是來自背後。有人走在我剛才經過的走廊上。

「我已經說了很多次。我今天跟別人約好了。」

我就是在找那個聲音。

但我不敢回頭。不僅如此，我還急忙躲到柱子後面。為什麼？我明明就沒必要躲起來。隨便說什麼都好，必須快點向他搭話。

然而，我的身體卻不聽使喚。

「朱音，聽我說啦。」

「我有在聽啊。阿春是在說比起我，那個剛認識不久的人更重要吧？」

「不是那樣。不然明天，明天一起去怎麼樣？」

我的身體對「明天」這個詞有反應。

明天，我就會從他的心裡消失。那個明天將被奪走。這讓我突然感到天旋地轉，差點跌倒，腳使不上力。等我勉強將手靠在牆上，總算能夠看向聲音的方向時，就和其中一個說話者對上視線。

對方嚇了一跳，然後瞪向這裡。應該是為了讓我也能聽見，她大聲說道：

「……我知道了。那你稍微借我一點時間。一下子就好，跟我來。」

然後，她抓著少年的制服衣角，把他帶去某個地方。

這裡遠離喧囂，所以兩人走遠後，就只剩一個空蕩蕩的空間。

不知道為什麼，我明明想哭，想大叫，卻發不出聲音來。

我在那裡呆站了約兩分鐘。

即使如此，我仍依賴地看向聲音消失的方向。我努力鼓起所有的勇氣。

如果不這麼做，我一定會失去什麼東西。

這樣的預感，驅使著我前進。

兩人剛才走進了看起來沒什麼人的校舍。

我記得那是社團大樓。小由在文化祭時，曾帶我參觀學校。我想起他曾說過偶爾會來這裡的教室玩，要我替他保密。他當時將食指抵在嘴唇上，對我說「噓——」。

我根本就不是這裡的學生，到底能夠告訴誰？雖然我當時有點傻眼，但與他共享祕密還是讓我很開心。我記得自己當時坦率地點頭，而他告訴我的地方——

我一次跨兩層臺階，衝上陰暗的樓梯，在中間的平臺轉彎，然後再度一次跨兩層臺階往上衝。我抓著扶手，大腿用力，朝二樓邁進。路上沒遇到任何人，就這樣繼續前往三樓。只有我一個人的腳步聲在樓梯間迴響。

最後，我來到位於三樓最西側的房間外面。

這間教室沒有人用，但裡面有人的氣息。隔著一扇門，讓我聽不清楚裡面的人在說什麼。小由一定就在裡面。走吧。現在應該還來得及。

就在我盡可能裝出自然的笑容，將手伸向門的瞬間，裡面傳來很大的聲音。

「阿春，我喜歡你。和我交往吧。」

那道極為直率的視線，想必正緊盯著小由吧。

我放開門把，衝下樓梯。

我到底是想去哪裡？這個世界明明就沒有我能夠去的地方。就連我一直以來的容身之處，都在剛才被奪走了。

即使如此，比起繼續留在那裡，我還是選擇了逃跑。

❀

關上空教室的門後，這個空間裡就只剩下我和朱音兩個人。

我們周圍的氣氛瞬間改變。

即使遲鈍如我，也知道接下來會發生什麼事。

「阿春。」

我一聽見自己的名字，就僵在原地喊了聲「有」，把朱音給逗笑了。

「你為什麼要那麼緊張啊。」

「因為……」

「不用擔心啦，我又不會吃掉你。你只要聽我說話就行了。好嗎？」

「我知道了。」

我點點頭，重新將臉轉向眼前的女孩。我們交換了一下視線。感覺有什麼事要開始了。

或是——

「嗯。謝謝你。我啊，一直很在意阿春，但我直到國中最後的暑假才察覺這件事。我們曾在國中的中庭裡遇過一次吧？」

應該是朱音在猶豫要不要放棄游泳的那時候的事吧。

「你當時問我怎麼了，還說願意聽我說話。雖然阿春可能認為這沒什麼，但對我來說非常重要。」

因為教室裡很暗，所以我直到現在才發現朱音的腳在發抖。她直率的眼神當中，搖曳著淡淡的光芒。不過，她是能夠跨越恐怖與緊張這類情緒的人。

「我想了很多。像是可以等到高中畢業，或是等到考上大學等等。不過，這大概就是最後的機會了，所以我要說嘍。」

然後，朱音說出那句話。她說得很大聲，這點很符合她的風格。

「阿春，我喜歡你。和我交往吧。」

那句話在我的心裡投下一顆石頭，發出撲通一聲，並掀起一陣漣漪。在不斷往外擴張的一層層圓圈當中，我看見了自己與朱音的未來。

感覺很開心。

我不討厭朱音。

坦白講，也覺得她很可愛。

我跟她有許多回憶可以聊，對食物的喜好也差不多。我們有許多共通的朋友，如果假日能夠一起運動也不錯。

當然一定還是會吵架。而且大概會很頻繁。

不過，一定馬上就能和好。我們至今已經吵過好幾次架，但還是一起笑著走到了今天。

雖然我現在還無法將朱音當成一個異性喜歡，但只要慢慢填補就行了。我有自信能夠做到。

因為我們之間有著確實的時間，以及一起累積的事物。

但不曉得為什麼？

我當時確實聽見了一道理應不存在的聲音，在呼喚我的名字。

「小由。」

全世界只有一個人會這樣叫我。

等我恢復意識時，我聽見從某處傳來了腳步聲，而且那個聲音還愈跑愈遠。明明不可能有這種事，我腦袋裡卻只想著一個女孩。

而且，那個女孩不是朱音。

「對不起。」

等我回過神時，我已經低頭道歉了。

❄

胸口好痛。大概是因為我一直在跑，所以吸了太多冷空氣吧。沒錯，一定是這樣。因為我想不到其他理由。

我並不喜歡小由。

不管是誰都好。只是因為身邊碰巧有個非常符合條件的人，所以我才選了小由。

我用凍僵的手背用力擦著扭曲的視野。或許是擦得太大力，感覺眼睛周圍有點痛。早知道就戴手套了。呼。感覺喘不過氣。喉嚨好渴。我用力咬緊牙關，像那天晚上那樣朝天空大叫。

「笨蛋！笨蛋笨蛋笨蛋笨蛋笨蛋笨蛋——」

這份感情以及這道怒吼，到底是在針對誰呢？

是朱音嗎？是小由嗎？

還是我自己呢？

我不知道答案，只是持續大喊著這兩個字。

用來罵人愚蠢的這兩個字，不斷降生在這個世界上，然後溶解在夜晚的黑暗當中。

❀

我滿腦子都是由希的事。

我真是個薄情的人，明明才剛被認識很久的女性朋友告白，我卻一直在想著朱音以外的女孩子。

比約定的時間還要晚一個小時抵達會面地點後，我發現她人已經不在那裡，這讓我心痛不已。

某人逐漸遠去的腳步聲，在我的耳朵深處催促著我。

這是我有生以來第一次。

第一次這麼渴望某樣東西，渴望某個人。

我想見由希。

然後，我跑了起來。

❄

結果，我還是沒搞清楚這股持續折磨內心的疼痛到底是什麼，拚命奔跑到最後，我來到了一塊離車站有段距離的空地。

這塊空地前陣子換了一面看板。這裡似乎明年春天就要開始蓋大樓了。我又將被奪走一個重要的東西。

這裡明明是小白沉眠的地方。

我大口喘氣，調整呼吸。嘴巴好乾，我嚥了一下口水。我沒有提出「為什麼」這個疑問，而是不斷揉著自己的眼睛，但眼前的景象依然沒有改變。

看來這似乎是現實。

我無奈地向不知為何比我早出現在空地，照理說不應該會在這裡的某人問道：

「為什麼你會在這裡？」

雙手合掌，像是在祈禱的某人，在聽見我的聲音後抬起頭。

是小由。他穿著學校指定，曾被他嫌過很重的外套，腳邊放著一個破舊的書包，看來他還沒回過家。

「我在經過前面那條路時，想起以前曾在這裡埋葬過一隻漂亮的貓，所以就來替牠祈禱一下。」

說完後，他起身拍掉膝蓋上的塵土。

「總算找到妳了。因為妳不在約好的地方，所以我找了好久。」

「我要回去了。」

我轉過身，快步走向出口，但走到離馬路只差約兩公尺的地方時，被人抓住了手。或許是因為長時間裸露在外，他的手摸起來很冰。反倒是體溫比較低的我的手，因為一直握著而變熱。一切都和平常相反。不論是我們手的溫度，還是搭話與追逐的人。明明平常都是我在追逐他的身影。

「你幹什麼？」

「對不起。我沒有遵守約定。妳生氣了吧？」

「我並沒有生氣。」

「我向妳道歉。真的很對不起。」

「對不起什麼？」

我反射性地就說出了責備的話。

「小由本來就一直都是這樣吧？你早就打破好幾次約定了吧？為什麼現在才要道歉？我的手很痛，快放開我。」

我知道自己這樣亂發脾氣很難看，但還是無法控制。我還沒整理好心情。他所說的每一句話，都只會變成讓我更加激動的燃料。

我需要時間才能恢復成平常的自己。

所以，放開我。

「等一下。對不起，請妳不要哭。我沒想到妳會這麼受傷。」

唉，居然到現在還在說這種話。難道還要再累積更多的誤會嗎？

受不了。

好不甘心。

好難過。

溫熱的淚水滑過臉頰。

「不是你想的那樣。我是因為你什麼都不知道，才會這麼不甘心，這麼難過。」

我捶著小由的胸口。用盡全力地捶。每次捶都會覺得手和心好痛，但我還是無法停止。

「因為你一直不肯喜歡上我。所以我好寂寞，好難受。」

小由默默地讓我捶著。

「你……你將會變得不屬於我，等明天一到，我和小由的日常就會消失。我覺得好冷，好可怕——」

我用力捶了最後一下，發出「咚」的一聲。摸著小由胸口的手好熱。我將額頭靠在他的胸口上。額頭好熱，能夠感受到小由的心跳。我想得到的就是這個。

這是我以前失去的東西。

「所以，由希才會哭嗎？」

連呼吸都覺得勉強的我，只能直接點頭。

真是太奇怪了。

因為明明痛苦的人、哭的人，以及將我刻在心裡的人，都必須要是小由才對。

為什麼我非得這麼痛苦？

為什麼我非得吃這種苦頭？

為什麼，為什麼只有我一直惦記著小由？這太不公平了。為什麼要失去與我有關的一切？

「我知道由希想說什麼了。或許我確實對妳一無所知。不對，實際上真的就是一無所知。不過……」

小由說到這裡，用雙手輕輕托住我的臉頰。他用溫柔但無法抗拒的力量，把我的臉抬起來。男孩子的手摸起來真的很粗糙。我的淚水沾溼了他的雙手。他微微一笑，然後立刻板起臉。

「後半的那兩條，我可無法接受，所以我要反擊。」

「咦？」

小由彎曲中指，用拇指固定住，然後用力彈了一下我的額頭，發出大到難以想像是彈額頭的聲音。我連忙按住隱隱作痛的額頭。

「啊嗚，你幹什麼啊。」

「明明是妳先打我的。我也很痛耶。」

「你明明是男孩子。」

「跟這沒有關係。男孩子被打還是會痛。」

我這邊——

我忍不住大喊。

「可是比你痛多了。小由，你要和那個叫朱音的女孩交往對吧。你被她告白了吧。」

你要丟下我，讓我變成一個人對吧。

「妳怎麼知道這件事？」

我沒辦法說出是自己親耳聽見的。我一陷入沉默，小由就嘟囔著「該不會……」，然後嘆了口氣。

「嗯。我確實有被告白，但我拒絕了。」

「為什麼？」

我的這個問題讓他膽怯了一下。明明剛才不管我怎麼打，怎麼叫，他都不為所動。我不曉得他為何現在才露出這種表情。

他稍微閉上眼睛思考了一會兒，然後睜開眼睛說道：

「因為，我喜歡妳啊。」

我驚訝到差點以為心臟停止了。我一時無法理解這句話的意思，他剛才說了什麼？

「……咦？」

「所以我剛才不是說無法接受後半的那兩條嗎？我喜歡妳，所以只想屬於妳一個人。」

看來我似乎沒聽錯。

「從什麼時候開始？」

「大概是從第一次見面時開始。不對，應該是從妳第一次向我搭話的瞬間，我就已經被妳吸引了。」

我一直都很想聽他說出這句話。

不過，我心裡的某人一直堅稱這只是同情。

我不需要同情。這種徒具形式的告白根本沒有意義。小由是個溫柔的人，他只是因為看見我哭和生氣，才會這麼說。

「你不要隨便敷衍我。」

如果不是發自內心喜歡我，我就無法一直留在他的心裡。如果沒有強到讓人感到煎熬的熱情，就無法構成羈絆。這樣我遲早會消失。

「我是認真的。」

「騙人。」

「我沒有騙人。」

他以為我至今重來了多少次？

為了讓他喜歡上我，我做了許多事。不過在那些場合中，他從來就沒有說過喜歡我。他對我的感情，一直都沒有強烈到向我告白的程度。

然而這次我並沒有特別做什麼，只有放學後跟他一起散步而已，他怎麼可能就這樣喜歡上我。我無法相信，也不願意相信。

「你明明什麼都不知道，這樣要我怎麼相信你？」

「那要怎麼做，妳才願意相信我？」

我稍微思考了一下後，自暴自棄地說道：

「我要告訴你一個故事。那是不存在於這個世界的任何地方，但確實曾經存在過的我和你的故事。如果你聽完這個故事後，還能說出相信我這種傻話，到時候——」

我沒有繼續說下去。

反正他不可能相信我。

相信我，就等於是懷疑這個世界和自己的記憶。隨便找一個人，都知道我說的話和這個世界哪一邊比較有份量。

所以我至今一次都沒有告訴過別人。

他沒有將視線從我身上移開。我將這視為肯定的答覆，開始娓娓道來。

從我七歲生日的那場事故開始，發生的許多事。

等我說完後，已經過了好一段時間。

距離世界終結，或者說是重新開始，只剩下不到十分鐘。

「就算是這樣的故事，你也有辦法相信嗎？」

「我相信。不對，應該說我想相信。」

小由立刻回答。

「為什麼你還能夠說出這種話？」

面對我的疑問，小由仰望天空。

在那朵深灰色的烏雲後面，天狼星應該正在閃閃發亮，同時也能看見參宿四與參宿七的光輝吧。我們兩人以前曾經一起試著連出星座。我們都不懂星座，所以必須看著圖鑑尋找。

但你應該連這件事都不知道吧？

最後，小由嘟囔著：「唉，受不了，妳真是個麻煩的女人。」

「你……你說誰麻煩啊。」

「實際上就是這樣吧。哎，不過就連這點都讓我覺得很可愛。難怪人家會說戀愛是盲目的。吶，由希。」

他粗魯地搔著頭髮，微微一笑後，筆直地看向我。

就像四年前的聖誕夜時那樣。

「我確實覺得妳說的話很怪。因為內容和我的記憶不同，按照常理，我不可能完全相信妳。所以我坦白告訴妳，無論妳說的話是真是假，我都無所謂。不管怎樣，我都會持續說相信妳，但希望妳別誤會，這並不是基於同情。只要看見妳露出難過的表情，我也會跟著感到難過，感到心痛。只要能讓妳展露笑容，我什麼都願意相信。一直以來跟妳在一起的我，大概就是那樣的男人吧？」

我無法反駁。

因為確實就像小由說的那樣。

在我心裡累積了四年的回憶，也不允許我否定。

嗯，沒錯。雖然小由和我立下了許多約定都沒遵守，但從來沒有遺漏掉我的願望。他全部都會替我撿起來。只要我說自己遇到了麻煩，他就會幫助我。他一直以來，不是都在對我伸出援手嗎？

「我大概一直一直都很喜歡妳。」

雖然是和剛才一樣的話，但這次確實觸動了我的心。

和他手的溫度相似的暖意，持續在心裡擴散。這種東西，根本就無法抵抗。

這股溫暖，應該就是一般人所說的「戀愛」吧。

如果是這樣，那我早在很久以前——

不知不覺開始下雪了。世界逐漸被染上純白的色彩。

「這麼說來，小由從第一次見面時開始，就一直是個怪人呢。」

我如他所願，笑著伸出手，他也笑著握住我的手。
其實我必須在這時候，替漫長的旅程劃下句點。
因為我一直是為了讓他說喜歡我，為了這個瞬間才活到現在。如果是現在，應該有辦法將我的存在永遠刻在他的心裡。
但我又多產生了一個新的遺憾。
我還沒有好好向小由傳達自己的心意。
所以還不能結束。這對一直以來都沒有好好道別就繼續相遇的我們來說，是必要的了斷。
「吶，小由。我——」
不過，我的話並沒有傳達給小由。我講到一半就停下來了。啊，原來如此。
我一看見小由的表情就明白了。
他一如往常地，用看陌生人的眼神看著我。說喜歡我的那個男孩子，已經不在那裡了。
沒有任何聲音，也沒有任何前兆，世界就改寫了。
不知不覺間，我們就連手都鬆開了。
他握過我的手這件事，一定也變得不存在了。即使如此，我的手上依然留有他的餘溫。
這樣就夠了。

光是這樣，我就能夠繼續向前邁進。

心臟開始跳動。

我深呼吸。

明明已經做了幾十次、幾百次，但到了最後的最後，還是完全無法習慣。向不認識我的小由搭話的瞬間，總是讓我感到緊張。

我每次說的話都不一樣。有時候是「好熱啊」，有時候是「好冷啊」，有時候是「你真努力」，甚至還說過「帶我去看電影吧」。另外還拜託過他幫我拿書。

我像這樣向小由搭了兩百一十三次話。

不管做幾次都不會膩。

那無數次的「初次見面（Hello）」，全都是笨拙的我竭盡全力的告白。

因為希望小由能喜歡上我，所以我一次又一次地向他搭話。為了這個目的，我持續與他相遇。既然如此，應該有其他更簡單又貼切的話吧。

我下定決心。

緩緩說出那句話。

讓我們開始進行最初，同時也是最後的道別吧。

「吶，小由。我喜歡你。」

Contact.214
這是全世界最幸福的戀愛故事

「吶，小由。我喜歡你。」

一個不認識的女孩子向我搭話。

我當時沒有回家，而是持續在街上徘徊。

她的聲音像春天的陽光般溫暖，又像吹動花朵的微風般柔和。

現在回想起來，我一開始就是被那道聲音所吸引的。

我們是在一個隨處可見的城鎮裡，一塊同樣也是隨處可見的空地裡相遇。除了以前曾在那裡埋葬了一隻白貓以外，我和那裡沒有任何關係。

所以理所當然地，我對她也是一無所知。

她的肌膚像純白的瓷器般光滑。

細緻的頭髮像雲朵般柔順。

大大的眼睛看起來既清澈又非常深邃。

被這樣的女孩子告白，讓我大腦裡的一切都溶化了。

最後，唯獨有生以來首次產生的感情還留在手中。那份感情莫名地炙熱，刺得我隱隱作痛，但感覺並不壞。我順從那股熱情，坦率地傳達了自己的感情。

我的回答讓她笑了。

她看起來非常開心。

然後又變得有點寂寞。

最後，她朝我伸出嬌小的手。

「我希望你能再次基於自己的意志，握住我的手。」

我按照她的指示，摸了那隻手。

或許是因為一直裸露在外，她的手摸起來非常冰冷。不過我們一牽手，就開始從那裡變溫暖。為了不破壞這份連結，為了不讓我們的雙手分開，我珍惜地緊緊握住她的手。

「謝謝。我重新自我介紹。我的名字是——」

這件事發生在高中三年級的冬天。

我就這樣與椎名由希相遇了。

隔天，我和由希約好在學校的正門前面會合。

「反正你明天也要去學校吧。那我四點在正門等你。」由希不由分說地如此提議，我只能點頭答應。

我比約定的時間還要早走出學校後，就發現穿著尺寸略大的駝色外套的由希，已經在那裡等我。

「由希。」

我一呼喚由希，她就用力揮動她纖細的手。看起來就像是小狗發現飼主後，不斷搖晃的尾巴。她的每一個動作都傳達出喜悅。

「妳怎麼這麼高興？」

「因為小由發現我，並叫了我的名字。這讓我感到非常開心。」

「這樣啊。」

我一伸出手，由希就輕輕將手疊了上去。

「唔哇，好冰。」

「因為我等了很久。」

「咦？我記錯會合時間了嗎？」

「沒有啦。是我自己太期待，擅自先跑來等了。我一直都是這樣。」

由希搖頭否定。

她說的「一直」，到底是從什麼時候開始呢？

「就算是這樣，也可以戴手套吧。」

「只要手很冰冷，就可以當成理由吧？」

「什麼理由？」

「牽手的理由。」

「就算不用特地準備那種理由也能找到別的理由吧。那個，因為我和由希正在交往，所以我的手隨時都可以給妳……喂，妳那是什麼表情。」

由希驚訝得合不攏嘴，不斷眨眼。過了幾秒後，她誇張地笑了出來。她張大嘴巴，哈哈大笑。不用笑得這麼誇張吧。我感覺臉變得有點燙。

「小由真厲害。沒錯，我們正在交往呢。」

「妳是在取笑我吧。」

「才沒這回事。我是在誇獎你。」

「真的嗎？」

「真的真的。好了，我們走吧。男朋友先生。」

由希拉著我的手前進，我連忙追上她，站到她的旁邊。牽在一起的手，就這樣落在我和由希的中間。

我和由希在交往。

只不過，期限是一個星期。

「我跟你說喔，我們的交往只能維持一個星期。」

在由希說喜歡我，我們也決定交往後，她馬上就設下了期限。

「不不不，等一下，這是怎麼回事？」

我一問，由希就緩緩地做了個深呼吸。她呼吸的樣子很可愛，豐滿的胸部先是膨脹，然後收縮。

重複了三次後，由希的眼神變得英氣凜然，似乎總算下定決心要開始說了，但她眼睛裡的光芒馬上又淡了下來。

不過，她沒有就這樣放棄。

她再次深呼吸，然後緩緩說道：

「我有一件事必須告訴小由。」

那是一個關於每個星期都會像雪一樣消失的少女，與普通的少年相遇了兩百一十三次的故事。

他們一次又一次相遇，然後一起共度時光，創造回憶，但最後全都會消失。

即使如此，由希在說這個不可思議的故事時，依然跟她向我告白時一樣，帶著有點悲傷又充滿幸福的笑臉。

據由希所言，我們春天一起賞花，夏天一起看煙火，秋天一起吃許多好吃的東西，冬天甚至還一起去了海邊。

「為什麼冬天要去海邊？」

「因為我突然想看沒人的海邊。小由一直抱怨夏天去比較好，但最後還是被我拉去了。你還記得嗎？雖然記憶應該會有點不一樣。」

我試著回想後，發現確實有這件事。

我一個人待在冬天的海邊。

旁邊沒有任何人在。

留在沙灘上的腳印當然也只有一個人，所以感覺特別冷。啊，不過回程在便利商店買的關東煮也格外好吃。我一個人買了很多來吃。

由希所說的，就是這麼一回事吧。

這已經遠遠超過忘記的層級。

名叫由希的女孩子明明確實存在過，卻從過去的世界消失，改由其他事物來填補這一人份的空白。我將這個乍看之下非常完美，實際上被改寫過的世界當成原本的世界。這過程毫無破綻，所以我也不曾懷疑過。不如說，我心裡的常識仍在持續指責由希所說的世界才是錯的。然而——

「那麼，小由相信我說的話嗎？」

「我相信。不對，應該說我想相信。」

我毫不猶豫地如此說道。

「因為我喜歡妳。」

我喜歡她嬌小的臉蛋、髮梢微捲的長髮、大一號的外套，還有稍微從袖子裡露出來的漂亮手指。再加上她的胸部很大，聲音聽起來也很澄澈。包含身上散發的氣質在內，由希的一切都符合我的喜好。

由希散發著一股和我喜歡的櫻花相似的香甜氣味。

我從第一眼看見她時就這麼想了。

由希簡直就像是神明專門為我打造的理想女孩。

但實際上並非如此。

由希並非從一開始就是這樣。她花了很長的時間，變成我理想中的女孩子。

所以答案非常簡單。

我想相信她說的這四年的時間。我無法以常識為由，抹殺由希的話與心意。對我來說，能讓由希露出笑容的答案才是真相。

這樣就夠了。

「小由一點都沒變呢。你果然是個怪人。」

「妳討厭怪人嗎？」

「不，最喜歡了。」

「只要能討妳喜歡，我不介意當個怪人。不對，只要能讓妳像這樣展露笑容，要我怎樣都行。」

我們附帶期限的戀情，就這樣開始了。

❀

離開學校後，由希一直顯得很開心，甚至還哼起了歌。那是廣播電臺只要一到冬天就會開始放的情歌。由希的聲音非常美麗，她有些走調地唱著在我們出生的好幾年前曾經流行過的抒情歌。

我們走過車站前的拱廊，穿過圓環。在經過上個月收起來的柏青哥店後，我們來到了郵局，在郵局前面的第三個路口轉彎。

我的左手仍握著由希的手，由希的右手也握著我的手。

我們的另一隻手都拿著鯛魚燒。由希眼尖地在商店街的角落發現一間隱密的店。她一直緊盯著那間店，看起來很想吃的樣子，我一提議要請客，她就立刻露出燦爛的表情說「真的嗎？」，笑得像個天真無邪的孩子。

在那之後，由希花了約五分鐘的時間，猶豫該點紅豆還是奶油口味。

不管由希選哪一個，我都會選另一個，所以坦白講這五分鐘沒什麼意義。這並不是什麼困難的事，難得我們兩個人一起行動，只要吃一半後再互相交換就行了。但我一直沒說，因為由希煩惱的樣子實在太可愛了。

結果由希選了紅豆口味，我則是買了奶油口味。

我們都很怕燙，所以等鯛魚燒稍微變涼後才開始慢慢吃。烤得酥脆的外皮與甜甜的奶油在嘴裡融合，內側的皮則是口感鬆軟。嗯，真好吃。我小口小口地享用，由希卻一下子就吃完了。

「呃，妳吃得真快。」

由希吃得又猛又急，她滿足地將鯛魚燒吞下肚後，笑笑地張大嘴巴，像是在說「把你的也給我」似的。

「呃，那個。」

「……」

「這個是我的耶。」

由希露出像在說「嗯，我知道啊，那又怎樣？」的表情，歪了一下頭。

「……」

「……那個。」

「……」

「……請用。」

結果是我慘敗。

我才剛說完，由希就一口吃掉了還剩下將近八成的鯛魚燒。她將自己嬌小的臉頰塞得鼓鼓的，繼續滿足地咀嚼。

「妳意外地還滿貪吃的。」

我一誠實地說出感想，由希就變得有點著急。她加快咀嚼速度，將鯛魚燒嚥了下去。

「甜食這種東西，真是令人困擾。」

她用比平常還要急一點的語氣說道。

「講是這樣講，其實妳吃得還滿高興的吧？」

「才沒有。」

「真的嗎？」
「真的啦。」
我欣賞由希焦急的樣子，繼續往前走時，突然瞄到一個紅色的東西。上面的字，讓我不自覺停下腳步。
原來，下個星期三是——

❄

小由充分發揮他惡劣的性格欺負我，但突然停下腳步。我納悶地順著他的視線看過去，發現有面旗幟在隨風飄揚。那是一間小蛋糕店的宣傳旗。
我率先開口。
「話說那個日子，正好就在一個星期後呢。」
「是啊。」
下個星期三是二月十四日。據說是男孩子一年裡最想吃甜食的一天。我們的交往期間結束後，就是情人節。
「妳願意送我巧克力嗎？」

「你想要嗎？」

「那當然。畢竟是女朋友送的巧克力。」

每次說出「女朋友」這個詞就會害羞的小由，看起來真可愛。

「好啊。」

這麼說來，我從來沒送過他巧克力呢。

而且，我還欠他一筆很大的人情，能還的東西還是盡量還比較好。

「我曾經從小由那裡收到過巧克力呢。」

「有這回事嗎？」

「嗯。有喔。」

雖然你不知道，但那就是我們倆之間的起點。那時候的巧克力很甜。那個甜味讓我感到很高興。一定是因為那樣，我現在才會在這裡。

「這樣啊。那就拜託妳嘍。」

「嗯。敬請期待。所以，你要收回剛才的話。」

「剛才的話？」

「就是說我貪吃的話。」

「什麼嘛。原來妳很在意啊。」

那當然，人家可是女孩子呢。

❀

早上醒來時，窗外已經變得一片雪白。

從昨天就開始下的雪已經積了不少。陽光探出雲間後反射在白雪上，對剛睡醒的眼睛來說有點太刺激了。我揉著疲憊的眼睛走出房間後，身體就因為冷空氣而打了個寒顫，讓我瞬間清醒。木質地板冷到讓沒穿襪子的腳底發疼。

我像每天早上那樣做好覺悟走下樓梯後，發現母親正忙著在打掃。

「早安，阿春。早餐已經做好嘍。」

「咦，今天這麼早就好啦？明明平常都是打掃完後才開始做。」

「夏奈一看見下雪就很興奮，說想早點出去玩，所以就幫忙做飯了。」

「哦，那還真是幸運。」

我在說話的同時打開玄關大門，走到信箱那裡拿報紙。

父親比我還要怕冷，所以冬天就由我負責這項工作。夏奈也非常不怕冷，但她根本就不聽話。

被染成白色的小庭院上，有個一人份的腳印，那個腳印直線延伸到外面的世界。我能夠鮮明地想像出妹妹興奮跑出門的樣子，她應該還歡呼了一聲「呀喃——」吧。腳印很深，可見她的步伐有多強健。

我「嗚嗚嗚」的呻吟聲化為白霧，消散在冬天冷冽的空氣當中。我將上衣的袖子拉到手指附近，打開信箱，一如往常地拿起封在透明袋裡的早報。

此時，我聽見有人對我說話。

「小由平常會看報紙啊。」

「不，我頂多只看電視節目表，這是在幫我爸拿。咦？」

我一從信箱抬起頭，就看見由希。從被白雪覆蓋的庭院前方，隱約傳來不合時節的花朵香味。她為什麼一大早就在這裡？

「因為積雪讓我很開心。小由，你現在有空嗎？陪我一下吧。」

「……妳該不會在這裡等很久了吧？」

「沒有啦。其實我才剛到。我本來做好了要等兩小時的心理準備，幸好小由很早就出來了。」

雖然我本來想說打電話就好了，但由希沒有手機。

「等我一下好嗎？我馬上去準備。」

「你可以慢慢來啦。」
「因為外面很冷啊。啊，還是要進來坐坐？」
「不用了，沒關係。我在這裡等就好。」
「我知道了，我會盡快。」
我按照自己說的話衝進家裡，整理儀容。我把報紙丟到縮在被爐裡的父親前面，快速吃掉夏奈準備的早餐。然後是換衣服、刷牙、整理頭髮，我簡單向看起來不打算離開被爐的父親說要出去一下後，他不曉得有沒有在聽，只懶散地回了一聲：「哦。」
我用力打開門，由希像是覺得好笑般說道：
「動作真快。已經好了嗎？」
「嗯。我們走吧。」
嶄新的雪地上，只有我們兩人的腳印。
我家離市中心有段距離，平常周圍放眼望去全是田地，但現在全都被白雪覆蓋。在純白的雪上，可以看見一閃一閃的小光點。
「真漂亮。」
「嗯，好漂亮啊。」
我們像這樣一起走了一段路後，從某處傳來拚命呼喊的聲音。

「喂～春哥！」

我凝視聲音的方向，發現有道嬌小的人影朝這裡過來。那是住在附近的小學生翔太。他藍色的毛衣上，黏滿了已經變平的雪塊。

他滿臉通紅，額頭上也都是汗水。

翔太來到我們身邊後，像是鬆了口氣般喊著「太好了」。

「呼……呼。果然是春哥。我……我一看見你就馬上跑過來。呼。」

「……為什麼？」

「拜託你救救我們。」

「啊？」

我完全聽不懂翔太在說什麼。翔太後面沒有人在追他，我只看見有一群人在田裡跑來跑去，似乎是在打雪仗。我小時候也和朋友玩過，那還滿開心的。

我回想到這裡，就停止思考。應該說是試著停止。不過就像無法跑到一半突然停住一樣，思考也無法說停止就停止。沒錯，我察覺了一件事。

這麼說來，好像有個傢伙一大早就跑出門了？

「由希，我們走吧。」

「別逃啊。你應該很清楚狀況吧。」

「我不知道，我沒看見。」
「那就去看啊。」
「我不要。」
我堅決拒絕。
難得放假，我才不想當那傢伙的保母。
但我的決心輕易就被推翻了。即使不想看，我還是聽見了。聽見一個我非常熟悉的女孩獨特的笑聲。而且還聽得清清楚楚。
「唔哈哈哈哈。」
翔太像是在說「看吧，你逃不掉了」般，呼喚我的名字。
「春哥。」
「住口。別再說了。」
但翔太不顧我的制止，說出那個笑聲的真面目。
「那個怪物是春哥家的人吧。拜託你想點辦法。」
唉，終於還是說出口了。
可惡，我知道了啦。嗯，我很清楚。我嘆了口氣後徹底死心，親眼看向聲音的主人。沒有錯——

「嗯，那確實是我家的大笨蛋。」

那是我家可愛妹妹的聲音。

我的妹妹——瀨川夏奈是個像颱風的女孩子。

她外表可愛，所以很受歡迎，但常為了消耗過於旺盛的體力，將其他人給捲進來。附近的小學生經常成為她的獵物，因此特別怕她。

這次也是一樣。

根據翔太的說法，一開始只有小學生在打雪仗，結果被夏奈發現了。內心還是個國小男生的夏奈發現這種事後，絕對無法忍耐，我能鮮明地想像出她帶著純真笑容參戰的樣子。

翔太他們覺得人多比較好玩，所以爽快地讓她加入……

問題是夏奈參加打雪仗後，補上了一個條件，那就是輸家必須無條件聽從贏家的一個命令。如果把一個只有身體能力是國中頂尖水準的傢伙，丟進一群小學低年級生裡面，不難想像會發生什麼事。

為了避免變成夏奈的部下，少年不得不拚命抵抗。

唉，所以我才不想聽。身為她的哥哥，我發自內心感到羞恥和鬱悶。

「我明白狀況了。我會想辦法。不過我只會幫忙打倒夏奈，將戰況拉回五五波。之後就不會再幫忙了。這樣可以嗎？」
「好啊。這樣就行了。」
「那麼，不好意思，由希。妳可以稍微等我一下嗎？」
「咦？為什麼？」
我一回頭，就發現由希不知為何在做伸展操。
「妳該不會也想打雪仗吧？」
「嗯。感覺很有趣，而且我也沒玩過。」
由希露出天使般的笑容，翔太見狀便開口問道：
「喂，春哥。我從剛才就很在意，這個姊姊是誰啊？藝人嗎？」
面對翔太天真無邪的疑問，由希彎下腰，配合翔太視線的高度露出笑容，讓他瞬間羞紅了臉。
「對不起，姊姊不是藝人。我是春哥的女朋友喔。」
由希的話，讓翔太的眼神瞬間變得閃閃發亮，我從來沒見過他這麼興奮。
「春哥好厲害，居然能交到這麼漂亮的女朋友。」
「還……還好啦。對了，翔太，你可以讓這個姊姊也加入你們的隊伍嗎？」
「當然可以。」

「謝謝。請多多指教嘍。」

「嗯。多指教啦。」

翔太說完後與由希握手，但他突然露出痛苦的表情，愧疚地垂下眼睛說道：

「啊，不行。對不起。姊姊，不好意思，我好像必須請妳加入夏姊的隊伍。」

「為什麼？」

「因為姊姊身上有敵人的味道。」

「敵人的味道？」

我和由希面面相覷。

這到底是怎麼回事？

由希加入後，夏奈的隊伍就變成十個人。

我這邊包含我在內，只剩下五個人。

雖然戰力相差將近一倍，但這場雪仗的規則是只要膝蓋一碰到地面，或是自己主動投降就要退場，所以只要小心一點，應該不至於會輸。至少我希望是這樣。身為一個男人，如果在這種比力氣的場合輸給女孩子，而且還是自己的女朋友和妹妹，那實在太丟臉了。

兩個隊伍的陣營都各自有幾個雪堆，雖然不大，但彎腰後還是能躲在後面。我躲在離敵隊最近的雪堆後面，靜待時機。

我請我方的隊伍暫時停止攻擊。

夏奈喜歡吵鬧，所以只要戰場安靜下來，她一定會耐不住性子一個人衝過來。我的計畫就是先出其不意再加以反擊。

繼續等了一會兒後，敵隊果然有個人瀟灑地衝了出來。

對方是一個穿著紅色圍巾、紅色外套和紅色手套，看起來十分顯眼的女孩子。那個血氣方剛的傢伙最喜歡紅色了。

「唔哈哈哈。跟著我衝吧！」

女孩在大喊的同時，以猛烈的速度衝了過來。哎，真是個好靶子。我瞄準敵人大大張開的嘴巴，用力扔了顆雪球。

「唔噗咿！」

正中目標。

夏奈發出奇怪的聲音，停止動作。我趁她擦掉臉上的雪，把嘴裡的雪吐到地上時繼續追擊。

「說什麼『跟著我衝』啊。夏奈，妳到底在幹什麼？」

「欸，阿春。你……你怎麼會在這裡？」

「話不是這麼說的吧。」

我突然登場，讓夏奈嚇了一跳，她的姿勢也如我所料地失去了重心。夏奈總是遵循本能行動，所以不擅長應付突發狀況。不過她的運動神經天生就很好，所以不至於因此跌倒。我當然也很清楚這點。

所以詳細擬定了作戰。

我朝失去重心的夏奈臉部附近扔雪球。每一球都是落在只要稍微把頭低下來就能勉強避開的高度。夏奈往後仰躲開雪球，重心也跟著往後傾。下一球我刻意丟得再更低一點，但她還是閃掉了。這讓她的重心又更加往後。

簡單來講，就像是凌波舞那樣。

同樣的動作持續了三次後，夏奈終於撐不住，背倒在地。

「贏了。」

我舉起一隻手，告訴隊友夏奈已經被打倒了。倒在地上的夏奈不滿地抱怨。

「卑鄙，太卑鄙了。阿春是男孩子，而且還是高中生吧。這樣怎麼贏啊。」

看來她完全沒有反省，所以我又補了輸家一球教訓她。

「唔噗。嗚嗚。啊～雪又跑進嘴巴裡了。」

「哪裡卑鄙了。妳這個國中生還不是跑進一堆小學生裡。」

到目前為止都跟我計畫的一樣，但我忘記一件事。那就是敵隊還殘留著一個非常直率的年長者。

她是初學者。

所以根本就不懂什麼戰略或布局。

她什麼都不懂，只是遵從我妹妹的命令。

沒錯，她什麼都不知道。

不知道這就是打倒我們的最佳策略。

「好，各位。一起跟在夏奈後面突擊吧。」

「嗯欸？」

那個響亮的吶喊聲，讓敵隊的九個人把剩下的雪球全都抱在懷裡，發動突擊。

如果雙方人數對等，那應該會是我這隊有利，因為只要像對付夏奈那樣反擊就行了。不過敵人的戰力大約是我方的兩倍，只要對方使出人海戰術，我們根本就來不及對應。

「唔噗。」

大量的雪球在空中交錯，其中一顆擊中我的臉，讓我發出和妹妹一樣的怪聲。

嗯，這是什麼？有股甜甜的味道。這個味道是——

「喂，夏奈。這個雪是不是有櫻花的味道？」

在雪地上裝死的夏奈稍微睜開眼睛，瞄了我一眼後回答。
「為了讓人能分辨出是我方的雪球，我們在雪上加了櫻花香水。」
這樣就說得通了。
難怪身上有櫻花香味的由希，會被分到夏奈那一隊。
「為什麼要做這種事？不對，等等。咦，你們的香水是哪兒來的。小學生怎麼可能會有香水。該不會是夏奈的吧？」
夏奈露出驚覺不妙的表情，將臉轉了過去。她明明就不會吹口哨，卻噘起嘴巴胡亂吐氣，想要蒙混過去，她果然是個令人惋惜的妹妹。
這麼說來，母親在夏奈升國中後，似乎經常要她多培養一點女人味，讓她覺得很煩。
「別因為自己不用，就這樣浪費啦。」
「不對，這才不是浪費。我不是說過這樣比較好分辨嗎？」
「雪球這種東西，就算不能分辨也沒差吧。」
「而且味道甜甜的，感覺很好吃。」
「拜託妳千萬別吃啊，會吃壞肚子。真要說起來，為什麼要用櫻花配雪啊？季節根本不同吧？」
在我們爭執的期間，敵隊的人已經順利逼近，一起集中攻擊我。雖然我試著重整態勢，但根本就來不及。

「喂，等等。暫停。好痛好痛。」

「上啊，大家一起解決那個大哥哥！」

打頭陣的那個毫不留情地用雪球丟向我的人，正是剛才可愛地說著「姊姊是春哥的女朋友喔」的少女。由希的臺詞還在我腦中迴響——「姊姊是春哥的女朋友喔。」、「女朋友喔。」、「女朋友喔。」——這是幻聽。是我的妄想。

「幹掉了。」

最後我也跟著倒地。因為感覺已經麻痺，我搞不懂自己的臉現在到底是痛、冷還是甜。

由希像是為了向倒在地上的我示威般，擺出勝利姿勢。

「不，我還沒死啊。」

「唔呵呵呵。小由，既然你輸了，就要乖乖聽我的話。」

「那個約定對我也有效嗎？」

「那還用說。」

我知道了。輸家只能乖乖聽贏家的話。我揮揮手示意投降，由希滿足地點頭。

「那麼，各位，去打倒剩下的敵人吧。上啊，突擊。」

我目送由希精神抖擻地衝出去後，一旁的夏奈問道：

「喂，阿春。那個漂亮的姊姊是誰啊？是阿春認識的人嗎？」

「……大概是雪妖精吧，她身上不是有櫻花的味道嗎？」

嫌說明麻煩的我直接撒謊，夏奈則是不曉得在模仿誰，嘟囔著「真奇怪，雪和櫻花明明季節不同」。

二月十三日，星期二。

我和由希成為情侶後，正好滿一個星期的日子。我們在平日的白天，來到百貨公司頂樓的遊樂場。

小小的摩天輪各處都因為風吹雨打而生鏽，貼在動畫角色造型的乘坐設施上的布告，顯示五臺中有三臺故障，只有藍色的貓型機器人和有著紅色尾巴的電鼠還會動。一個小男孩在搭電鼠，但那隻電鼠緩緩動了三分鐘後，就在遊樂園中央停了下來。

明明昨天積了很多雪，但今天大多已經融化，只剩下陰影處還殘留一點。小雪人的臉已經有一半崩塌。

我們坐在椅角破損的塑膠長椅上。因為能坐的地方就只剩下這裡。我看著灰濛濛的天空低喃：

「那麼，為什麼我們要來這裡？」

「因為小由打雪仗輸了，所以今天一整天都要聽我的話啊。」

由希理直氣壯地說道。

我昨天打雪仗時輸了，所以必須聽從由希的願望。一開始明明只說好一個願望，結果範圍卻在不知不覺間擴張了。女孩子果然厲害，能夠非常自然地讓別人答應自己的要求。哎，雖然我也不覺得討厭。

「那麼，首先是第一個願望。」由希如此說道。「跟我約會吧，我有兩個地方想和小由一起去。」其中一個地方就是這裡。

「呃，是這樣沒錯啦，不過我想問的是為什麼要來頂樓的遊樂場？」

「我喜歡遊樂場。所以想和小由一起來。」

「既然如此，就更應該去正式一點的遊樂場吧。」

「不，這裡也算是正式的遊樂場喔。」

「由希這樣就滿足了嗎？」

「嗯。」

「開心嗎？」

「嗯。」

「那就好。」

沒錯，只要由希能夠開心，隨便去哪裡都好。

我拍了一下大腿起身，朝由希伸出手。

「難得人都來了，一起去搭設施吧。」

「欸～那樣很難為情耶。」

「不用擔心啦，這裡幾乎沒有人在。而且難得來到遊樂場，什麼都不搭也太扯了吧。」

由希找了一堆藉口後，終究還是握住了我的手。我持續對她找的藉口充耳不聞，最後總算獲得勝利。就在我問她想要搭什麼時，由希說她喜歡貓，所以挑了貓型機器人。

「我投一百圓嘍。」

「小由不坐嗎？」

「這是一人座。而且……」

「而且？」

由希可愛地歪了一下頭時，我投入一百圓說道：

「都十八歲了還搭這個，實在太難為情了。」

「真是的，哪有這種事？」

由希聽了我的話後非常生氣，但我成功在她的拳頭碰到我前逃離了貓型機器人。伴隨著奇妙的音樂，貓型機器人緩緩動了起來。

剛才那個搭乘電鼠的孩子指著由希說：
「媽媽。我接下來想搭那個。」
「等那個姊姊坐完吧。」
哎呀，這實在太難為情了。仔細一看，由希用雙手遮住臉，羞得脖子都紅了。因為由希這樣也非常可愛，所以我下定決心，就算之後被她打一兩個巴掌也要忍耐。
結果由希沒有打我，但我必須請她喝自動販賣機的飲料。
我一投入硬幣，按鈕就發出綠色的光芒。
「選妳喜歡的吧。」
由希認真煩惱了一會兒後，選了熱巧克力。我也買了一樣的飲料。我們兩個人都喝不了黑咖啡。雖然我們已經不是小孩子了，但也不算大人，正處於兩者的界線上。
我們靠在用來防止墜樓的欄杆上，一起喝熱巧克力。
在這個只要稍微一動就會碰到彼此的距離，我能感覺到由希的存在、溫度與味道。她像是在暖手般，用雙手握著鐵罐，慢慢喝著熱巧克力。
「吶，小由，謝謝你。」
由希突然向我道謝。

「謝什麼？我又沒做什麼？」

「沒這回事。你買了熱巧克力給我，還帶我來這裡。除此之外，你還給了我許多回憶。吶，這樣應該夠讓我向你道謝了吧？」

由希像是回憶起什麼般，閉上眼睛。

她在眼皮的底下，眺望著我所不知道的世界。

「我啊，喜歡小由的各種表情，不論是笑臉、生氣的臉、哭臉、害羞的臉、困擾的臉，還是焦急的臉。臨死之前，我一定會想起從遇見小由開始，一直到今天的事。就像小由以前說的那樣。即使拚命掙扎、苦惱過後抵達的地方，沒有自己想要的事物，還是能夠發現更美好的事物。」

由希只說到這裡。她大概是在等我說出後續的話。我按照她的希望開口：

「妳發現了什麼？」

「我發現了你。我一直以為空蕩蕩的內心裡，有小由在。」

由希輕輕「嗯」了一聲後，滿足地緩緩睜開眼睛。

「我度過的每一天裡，都有你的存在。」

這是為什麼呢？

明明沒什麼好哭的，眼淚卻差點流了下來。我為了掩飾這點，抬頭看向天空，凝視著那些被染成紅色的雲朵底層。鮮豔到刺眼的紅色滲入眼睛的深處。

由希突然伸出手，溫柔地摸我的頭。她的身材比我嬌小，所以必須稍微踮起腳。被摸的地方感覺溫暖又舒服。

「……妳這是在幹什麼？」

「嗯？我在摸你啊。因為小由一臉想哭的樣子。」

「我又不是小孩子。」

「有什麼關係。小由剛才害我丟臉，所以換我讓你嚐一下那樣的滋味。」

由希說著「這樣就扯平了」，不斷讓她的手指在我頭髮上滑動。啊，好癢。這是什麼？為什麼光這樣就讓我感到這麼開心？從她手上傳來的觸感，讓我忍不住露出笑容。

由希見狀，滿意地說道：

「你總算笑了。」

我們在太陽下山後離開遊樂場，來到我上的高中。

這裡就是由希想去的另一個地方。

現在已經過了七點，被夜色籠罩的校舍幾乎都沒有點燈，只剩下教職員辦公室和自習室仍發出橘色的光芒。另外二年級有兩個教室，一年級有一個教室是亮的。大概是準備考試的學生，窩在自習室裡看書吧。三年級的教室一片漆黑，對我們來說正好。

我趁著夜色，拉著由希的手入侵校舍。

我們的腳步聲在陰暗的樓梯間內迴響，雖然中途遇到過老師一次，但我將由希藏在背後，謊稱是來拿忘記的東西後，老師只冷淡地應了一聲就放過我們了。大概是因為室內太暗，看不清楚由希的長相吧。

老師離開後，我和由希一起鬆了口氣，重新前往我的教室。

幸好門還沒鎖，伴隨著熟悉的開門聲，教室與走廊連接在一起。

神聖的月光從窗戶照了進來，將半間教室染成銀色。

這裡對我來說是熟悉的教室，但由希好奇地四處張望，發出驚嘆，像碰觸寶石般輕撫桌面，然後喊了聲「啊，有塗鴉」。由希繞了教室一圈後，突然轉向我。

「吶，小由的桌子是哪一張？」

「咦？啊，從右邊數來第三排，從前面數來的第四個。」

我看由希看到出神，慢了一拍才反應過來，但還是勉強做出了回答。由希數著「一，二，三，四」，走向我的座位。

「這裡嗎？」

「嗯。」

我本來以為由希會直接坐到我的位子上，但她不知為何坐到了我隔壁的位子，然後——

「好了，小由，這是第二個願望，請你坐下來。」

她拍著我的椅子說道。然後呢，我當然還是照她說的做了。

我明明應該很熟悉從自己的座位看見的教室，但光是由希坐在我隔壁，就讓我覺得一切都變得不一樣了。就連破舊的桌子、留有粉筆痕跡的黑板，以及每個人都覺得無聊的那張寫著班級目標的紙，都變得閃閃發光。

「感覺和由希像同班同學般一起待在學校裡，是件很棒的事呢。」

「你總算明白了？」

我坦率地說出內心的想法後，由希不知為何得意地如此回答。

「雖然三年前有人根本不懂這到底有多可貴。」

「有這種笨蛋嗎？」

「嗯。就是有這種笨蛋。啊，不過就算上同一間學校，我們也無法變成同班同學。因為我比你大一歲。吶，叫聲椎名學姊來聽聽。」

由希的聲音聽起來很近。她一動，桌子就會跟著搖晃，我內心的某種情感也跟著動搖。

「……椎名學姊。」

由希突然不懷好意地笑了。

「吶，再說一次。」、「我不要。」、「拜託啦。」、「真是拿妳沒辦法，椎名學姊。」、「不錯呢，再來一次。」、「椎名學姊。」、「接下來要喊得親密一點，叫我由希學姊看看。」、「由希學姊？」、「不錯不錯，再來一次。」、「真是的，我不想再喊了，由希好像變態，眼神也好可怕。」、「說人家是變態也太過分了吧。」

每次只要我一開口，由希就會發笑、生氣、沮喪或是鬧彆扭。

教室裡只有我和由希的聲音。

聊到一半時，我問了一聲「為什麼？」，其實我一直很想問這個問題。

「為什麼妳想來我的教室？」

「……我曾經對朱音說過。」

由希突然講出的名字，讓我嚇了一跳。

「『妳只是他的同學吧？那不管我和小由是什麼關係，都與妳無關吧。』不過，我過不久就後悔了。即使只是同班同學，也讓我覺得好羨慕。因為我從來不知道小由在教室裡是什麼樣子。而且，這已經是最後了……」

由希從椅子上起身，離開我的身邊。長長的裙子隨風擺動。

她站在黑暗當中，站在逼近光與暗分界線的地方。

「最後？」

我複誦這個詞時，感到一陣心痛。

「因為小由就要畢業了吧？所以我才想在那之前來一次。畢竟平常沒什麼這種機會。」

「啊，原來如此。」

她應該沒有其他的意思才對。

由希曾說過，我們至今已經反覆相遇過好幾百次，所以未來也一定會不斷相遇。吶，我說得沒錯吧。

「吶，由希學姊。」

我討好般的這麼叫後，由希「嗯～」地瞇起眼睛，搔了幾下臉頰，最後搖頭說道：

「雖然這個叫法也不錯，但我果然還是比較喜歡平常的叫法。叫我由希吧。」

「由希。」

彷彿這本來就與她的名字配在一起般，我繼續補充道：

「我喜歡妳，非常非常喜歡妳。」

「我知道。因為你已經對我說過許多次了。我也喜歡小由。」

此時，我心裡湧出一股強烈的衝動。我難以抗拒地衝向由希，用力抱緊她嬌小的身軀。

我聞到甜甜的櫻花香味。不對，並不是這樣。

對我來說，這已經是由希的味道了。

「哇，怎麼了？你怎麼突然這樣？」

「都是由希的錯。」

「是我的錯嗎？」

「嗯，是由希的錯。這一切全都怪由希不好。」

「是嗎？這樣啊，那就沒辦法了。小由是個撒嬌鬼，也是我的錯嗎？」

「所以我不是說了嗎？這一切都是妳的錯。」

這都要怪由希把我變成這樣。

我將自己的臉湊向由希笑咪咪的臉。

或許是知道我想做什麼，由希用力閉緊眼睛。她的臉稍微變紅，最後做好了接受我的準備。雖然不曉得已經在腦中想過幾次，但我再次想著「由希真是太惹人憐愛了」。

在連月光都照不到的世界角落，我們接了一個沒有任何人知道的吻。

由希冰冷的嘴唇顫抖著。雖然這只是個單純讓嘴唇重疊，僵硬又稚嫩的吻，但依然比過去無數次的告白和牽手，更能了解彼此的心情與溫度。

人類這個物種從很久以前，就一直是用這種方式強烈確認彼此的存在。

在接近永遠的五秒鐘以後，由希像是為了隱藏自己的表情般，將臉埋進我的胸口，鬧彆扭似的開口。但我很清楚，她只是在害羞而已。

「這是人家的初吻耶。」

她這個樣子實在是可愛得不得了，讓我笑了。看吧，果然還是由希不好。面對這麼可愛的女孩子，怎麼可能會有男人忍得住。

「那麼，這一定也是我的初吻。」

「吶。」

由希抬起頭，她的臉已經紅到了耳根子。

「第三個願望。再親一次好嗎？」

我們就這樣雙唇交疊了好幾次。

我和由希在正門前道別後，朝回家的方向走了一會兒，然後口袋裡的手機響起。

螢幕上顯示「公共電話」這幾個字。平常我絕對不會接這種電話，但我今天有理由接。

因為我隱約知道是誰打來的。

「喂，由希嗎？」

我在對方報上名號前先說出名字，由希簡短地回答：「猜對了。」

從聽筒傳出來的聲音明明很小，卻讓人覺得比平常還近，甚至能聽出對方的呼吸。剛才還近在身邊的一切。現在握在手裡的一切。

我走到持續發出「嘰嘰嘰」聲響的路燈底下，將背靠在柱子上仰望天空。由希目前人在哪裡呢？我想著她的事，側耳傾聽。

「我有些話想跟你說。可以嗎？」

「當然可以。不過怎麼了嗎？發生了什麼事？」

「……為什麼這麼問？」

我沒辦法好好說出「因為」這兩個字。我嚥了一下口水，重整態勢。這次我有好好說出「因為」，所以必須繼續講下去。

「妳的聲音在顫抖。」

即使遲鈍如我，也知道那不是因為寒冷。

「我的聲音在顫抖嗎？」

「嗯。」

「原來如此。在顫抖啊，原來如此。吶，告訴我一件事。小由不想忘記我？想永遠記得我嗎？」

「那當然。」

「無論付出什麼代價？」

「嗯。」

我未做多想便直接回答。

沒有發現這就是最後的分歧點。

「嗯，我想也是。我就知道小由一定會這麼說。既然如此，我有個請求。這是最後的請求。你願意聽嗎？」

「那當然。因為我今天一整天都必須實現妳的願望啊。」

「謝謝你。那麼……」

由希乾脆地說道。用和之前說「帶我去遊樂場」和「我想去學校」時一樣的溫度說道：

「請你為了我受傷。」

「咦？」

「請你喜歡我，愛我，恨我；為我懊悔，為我痛苦，用你所有的感情，將我和你的心連在一起，不要忘了我。」

這就是由希最後的願望。

我猛然看向手錶。現在離十點五十四分只剩不到一個小時。我的背後開始冒出冷汗。天氣明明很冷，我卻不知為何覺得很熱。感覺好不舒服，什麼都不想聽。我想摀住耳朵，抓著直到剛才都還在手裡的幸福回家，倒頭就睡。

啊，要是做得到的話該有多輕鬆。不過，由希不允許我這麼做。

那句話從她的唇間流洩出來。

——我，現在要去死。

她的聲音聽起來像在笑，又像在哭。

「為什麼？」

「我從小由那裡奪走了許多時間。許多原本會在你心裡累積的時間與回憶，都被我確實地奪走了。我對你做了很多過分的事。」

「才沒有這種事。」

「不對，事情就是這樣。不過，你還是說喜歡我。我好開心，真的好開心。所以，我強烈希望自己能夠留在小由的心裡。即使必須傷害你，即使會被你討厭也一樣。因為如果這世界上真的還有我的容身之處，那一定只會在你的心裡。」

這並不是我要的答案。由希應該也很清楚這點，但依然刻意這麼說。

即使如此，我還是絕望地明白她的話裡沒有一絲虛假。

我掉頭衝了出去。

衝過橋後，斜斜穿過公園。廁所的光芒隱約照亮道路。我在岔路前面不斷跺腳。啊，可惡。明明沒有時間猶豫了。結果我跑向車站的方向。

「拜託，由希，等我一下。在我到之前先不要離開。我馬上過去，我們好好談談。」

「你不是說會實現我的任何願望嗎？你又要打破約定了嗎？」

「又？」

「沒錯，這不是第一次了。小由總是和我立下無法實現的約定。」

「我哪有打破過約定。」

「你說過會回想起來。」

「咦？」

「你說過只要聞到櫻花的味道，就會想起我。」

「……」

「你說過絕對不會忘記我。」

「……」

「你說過會邀我去看電影。」

「……」

由希就這樣一個接一個地說出不存在於這個世界，但確實存在於她心中的約定。我甚至無法道歉。不對，我甚至連道歉的權利都沒有。

「結果全都是騙人的。」

「所以，」由希以沙啞的聲音說道。「至少這個約定要實現啊。」

「我只要你一個人。我已經無法說隨便是誰都好了。我不想要你以外的人。無論什麼形式都好，我想永遠留在你心中。我不想再被你忘記，不想再從你身上奪走任何東西。就算只有一點點也好，不管是什麼都好，我想留在你的心裡。為了這個目的，這是唯一的方法。」

我抵達車站。

但沒有看見由希。

我環視周圍，並差點撞上騎自行車的中年男子，踉蹌了一下。男子瞪了我一眼，嘴裡吼著「小心一點，不要邊走邊講電話！」這句話大聲地在周圍迴響。我稍微低頭致歉，改跑向市公所。男子似乎又在後面說了什麼，但我沒有回頭。

我只是不斷跑著，尋找由希的身影。

❄

從失去一切的那一天開始，我一個人獨自走了過來。

不曉得該向何處宣洩的空虛、憤怒與憎恨，在不知不覺間成了我活下去的理由。如果這當中少了任何一種情緒，我應該會馬上連站都站不起來吧。

直到那一天，他向我搭話為止。

這不是比喻，也不是在開玩笑，世界從那一天開始改變。

是他幫我改變的。

我有了夢想。

那成了我活下去的理由。

我小時候想做的事，都一一實現了。

不知不覺間，空虛、憤怒，甚至就連憎恨都消失了，一種更加溫暖的情緒填滿了我的內心。我再也不會將視線從這份感情上移開。

嗯，沒錯。

我有生以來第一次戀愛了。

該替這段惹人憐愛又美麗的日子取什麼名字好呢？我稍微思考過後，搖了搖頭。不應該取那麼美好的名字。

我希望我們兩個人能永遠在一起。

希望能夠一起走到天涯海角。

但這不可能。因為無法實現。

這段日子的終點，我們之間的結局，實在是充滿了太多深沉的悲傷。

我們不斷相遇，就只是為了這僅僅一次的離別。

❀

市公所前面的馬路非常安靜。看不見任何人，也聽不見任何聲音。路燈圓形的光芒外圍有一層光暈。我往下看後，發現從腳底延伸出三道影子。右邊、左邊與前面。大概是影子的對角線上有光源吧。右邊、左邊與前面。

該選哪一個，才能讓我抵達由希身邊呢？

我不知道。

我在不知道的情況下，朝前方踏出腳步。即使不知道該往哪裡走，但只有一件事是確定的。

如果不前進，就找不到由希。

所以，我開始往前跑。

用最短的距離，最快的速度跑向由希。

❄

黃色的照明照在位於透明玻璃內側的我身上。外面的風聲呼呼作響，或許是圖釘掉了，一張貼在老舊布告欄上的海報隨風飄揚。

我試著伸出指尖，但被透明的牆壁擋住，無法抵達那裡。

收回手指後，玻璃上隱約殘留著我碰觸的痕跡。

我還存在於這個世界。沒錯，也存在於他的心裡。

小由心裡的我，應該是個可愛的女孩子吧。

希望真的很可愛。啊，但我會說任性的話，會欺負人，也會撒嬌，所以或許他不覺得我可愛。他看過我髒兮兮的樣子，也曾說過我很貪吃。

而且，最後那一切全都會被塗成黑色。痛苦、悲傷和絕望，一定會沿著我的形狀染黑小由的心。

必須做到這個地步，我才總算能留在他的心裡。

只有這個方法可想。

我的痕跡之所以會消失，是因為我想邁向未來。為了讓我活下去，世界必須消除我的痕跡。既然如此，只要我死掉，就不需要消除痕跡了。當然，至今被消除的「過去」並不會因此恢復，但還沒被奪走的「現在」會保留下來。

我一直在等待這個時候。

只維持一個星期的戀情。

確實累積了感情。

在那些像黃金般閃耀的日子裡，我的存在應該已經被深深地，用力地刻在他的心裡。

不僅如此，還要讓小由追求我，讓他掙扎地朝我伸出手，讓他拚命地苦惱。

不惜做到這種程度，卻依然無法獲得的東西，一定會變成一生都無法消除的巨大傷口。未來他每次回想起我時，都會哭泣並感到痛苦。這麼一來，我就能永遠永遠留在他的心裡。

電話的另一端，傳來小由疲憊的呼吸聲。

還有劃破空氣前進的聲音。

一切都進行得很順利。

我差點說出「對不起」這種任性的話，連忙將話又吞了回去。

那句話太過尖銳，讓吞下去的我差點哭了出來。

手好痛。
腳好痛。
心臟好痛。
汗水從額頭滑落臉頰。身體好熱，而且好重。
可以的話，我真想立刻停下腳步。
但我沒有停，依然持續奔跑。
我在長長的國道上右轉，跑進下坡。那是條非常陡的下坡。我在心裡提醒自己要小心一點。另一方面，焦急的心情完全不懂得停止。身體踏出第一步後，從第二步開始就擺脫了我的控制。不妙，心臟又跳得更快了。即使如此，還是沒有停止。我跑得像飛的一樣，腳每次接觸地面，都會承受比平常強上好幾倍的衝擊。
一直像這樣壓榨著腳前進，當然遲早會面臨極限。右腳放棄支撐體重，突然彎了下去。只有自己少根筋的聲音聽得特別清楚。
「啊。」

然後，世界開始旋轉。

❄

我「呼——」地長吁了一口氣。

只有時間不斷流逝。

我從剛才開始，就好幾次想要掛斷電話，但不知為何就是做不到。時限一分一秒地逼近。好了，快點放下話筒吧。雖然他絕對不可能來到這裡，但快沒時間了。如果現在不趕快去死，就無法留在他的心裡。

但身體果然還是不肯動。

由希。

他不斷呼喚我的聲音，纏住了我的手臂。

由希。

只要一閉上眼睛就會看見他溫柔的微笑，讓我的腳步變得沉重。

我想了好多好多。

煩惱了好多好多。

然後，我應該已經選擇了自己的願望。明知道會傷害到他，明知道會讓他難過。

即使如此——

此時，我聽見了聲音。

從電話的另一端，從線路前方的他那裡……

傳來了撞擊聲與呻吟聲。過不久，就連那些聲音都聽不見了。

我最不想回憶起的記憶又重新浮現。

我忍不住忘我地呼喊他的名字。

「小由，你沒事吧，發生什麼事了？吶，小由，回答我。」

❀

我瞬間拚命握緊手上的手機，縮起身子，將手機抱在懷裡。

拜此之賜，我沒有做出防護動作就直接撞上地面。左肩傳來劇烈的疼痛，讓我忍不住發出呻吟。皮膚被削掉，身體一直滾到斜坡底下才停止。

我無法呼吸，只能拚命張大嘴巴，用盡全力將冬天的冷空氣吸進肺裡。然而，無論我吸進多少氧氣，都還是喘個不停。

一直跑負擔實在太大，身體也疲憊不堪，真是糟透了。感覺無論是身體或精神，都已經站不起來了。

心裡只剩下一個普通的疑問。

為什麼我要這麼做？

我心裡的某人說道。

已經夠了吧。

由希一定很痛苦。她一直獨自在努力。至少聽一下她最後的任性吧。

腦中不斷浮現出放棄的話。

真要說起來，就算找到她又怎樣。我真的有足以動搖她決心的覺悟嗎？

心裡不斷湧出藉口。

我已經夠努力了。吃了那麼多苦，變得身心俱疲，已經夠了吧。

即使在這時候放棄，也不會有人說什麼。不過——

從握在手裡的手機裡，傳來了由希的聲音。「怎麼了，你沒事吧？」那是真心在擔心我的聲音。「吶，小由，回答我。」

我勉強移動身體仰躺在地，緩緩睜開眼睛後，閃耀的月亮就映入眼簾。月光灑落在我身上。

天狼星在閃閃發光。

我還發現了畢宿五。

腦袋變得莫名清楚，腦中的聲音也逐漸遠去，變得只聽得見一個女孩的聲音。唉，真是的，不用那麼擔心啦。不過，她的關心讓我高興得不得了。

我喊出一個名字。

就像她呼喚我的名字那樣，我也——

「由希。」

「什麼事？」

「妳真是個過分的人。」

由希的聲音果然還在顫抖，她「呵呵」地笑了，但聽起來一點都不開心。

「我早就說過了吧？雖然已經過了很久，而且已經消失，但我有好好說過會對你做出過分的事喔。我還說過不可以相信我的話吧？」

「我當時怎麼回答？」

「……你說『明天也能見面嗎？』。你是這麼對我說的。」

「我是個笨蛋呢。」

「沒錯。你真的是個笨蛋。所以，才會被我這種壞女人給盯上。」

「嗯，我真的是個笨蛋。」

明明還有其他更想說的話。

明明還有其他更該說的話。

「要是我當時有說喜歡妳就好了。」

「……你這個人，到底要怪到什麼程度啊。」

這樣就好。

因為，妳喜歡怪人吧。

那麼，我不介意當個怪人。

「嗯。我是個喜歡妳的怪傢伙。雖然我或許說了許多謊，打破了許多約定，但只有這件事絕對是真的。」

稍微沉默了一會兒後，由希輕聲回答：「嗯，我知道。」

「所以我會去由希那裡。我不知道妳是在怎麼想像、考慮、煩惱、痛苦過後，才下定那樣的決心，但我希望以後也能不斷與妳相遇，喜歡上妳，與妳一起生活。」

以前——雖然也不過就是四年前——曾有個就算有想要的東西也不會說出口的少年。大部分的事他都能忍受，都能放棄。不過，那樣的少年現在已經不存在於這個世界的任何地方了。

因為我無法忍受。無法忍受由希哭泣。
只要能讓最喜歡的女孩子停止哭泣，就算要我賭上自己的一切也在所不辭。
我總算找到了。
發自內心想要獲得的事物。
害怕失去的事物。
值得賭上自己一切的事物。
因為我遇見了由希。

因為我……遇見了由希？

許多東西突然在腦袋裡連了起來。點與點連結成線。就像現在映入我眼簾的星座一樣。
我捕捉到了獵戶座的光輝。
我曾經獨自看著圖鑑對照星星，自己連出星座，但我真的是一個人嗎？一定不是。
我找到了。
我忍不住大喊。沒錯。我終於找到了。
「由希。雖然妳說一切都會消失，但並不是這樣。雖然妳說從我這裡奪走了一切，但其實並非如此。」

我現在能夠發自內心地說「我相信妳的話」。

「因為，我現在就在這裡。」

「你到底想說什麼？」

我感覺到由希的困惑也一起傳了過來，但我無視這點繼續說道：

「一個星期前，我們在那塊空地相遇了。這並非偶然。因為那裡是小白沉眠的地方。我之所以停下腳步，是因為曾在那裡埋葬小白。如果由希四年前沒拜託我，我們一定不會在那裡相遇。」

我知道由希在電話的另一端倒抽了一口氣。

「因為有妳在，小白才沒有孤獨死去。因為有妳的決心，牠才能在陽光照得到的地方安息。因為妳鼓起勇氣持續呼喚，我現在才會在這裡。全部都連結在一起了。妳從很久以前開始，就一直在我的心中。」

我一個人去了許多地方，做了許多事。記憶中的我一直都很開心。因為我的身旁有由希在。沒問題的，由希，沒問題的。妳沒有從我這裡奪走任何東西。不僅如此，妳還給了我許多東西。

一個女孩子賭上了一切，將我變成現在的我。

由希低喃：

「我已經在小由的心裡了嗎？」

「嗯，沒錯。妳在。就在這裡，在我的心裡。」

「……這樣啊。既然如此，那我的人生已經——」

「由希？」

「沒事，沒什麼。比起這個，吶，小由。我可以改一下最後的願望嗎？如果我真的在你的心裡，希望你能證明給我看。來我這裡吧。拜託你，呼喚我的名字。」

我用力閉上眼睛，然後睜開。視野清晰到令人驚訝。

「嗯，我馬上去，現在就去。」

「……我等你。」

我用力握緊右手，感覺好熱。大概是因為長時間握緊電話，手機變得有點燙。雖然其實還不到熱的程度，但溫度正好和由希的手掌差不多。

我用力握緊手機。

為了不要放手，為了不讓它離開，我必須握緊才行。

因為——

我們將這份熱情稱作「戀愛」。

我用手扶著地面起身。

呼，好痛。全身都好痛。感覺快哭出來了。但我還是踏出了第一步，然後是第二步。我咬緊牙關，逐漸加速。

我跑到國中前面。不知何時，我曾經一個人在這裡不斷追逐某人的背影——不在這裡。

我經過社團活動結束後常去的便利商店前面。不知何時，我曾經一個人在這裡吃冰——不在這裡。

我跑過常去的書店。不知何時，我曾經一個人在這裡買過小說新刊——不在這裡。

不知不覺間，圖書館已經被我拋在後面。不知何時，我曾經一個人在這裡與數學作業奮鬥——也不在這裡。

我接連跑過遊戲中心、卡拉ＯＫ、保齡球館、棒球打擊場和電影院——全都不在。

這個城鎮裡，充滿了我獨自度過的回憶。

到處都找不到由希的身影。

我一直是孤獨一人。

不過，現在那些地方都會浮現出某人的身影。在消失後，被其他事物填補的一人份的空白。即使如此，我確實聽見了笑聲。男孩開心的聲音，以及我喜歡的女孩子的聲音。

我在T字路口右轉，然後直直往前跑。果然不知何時，我曾經一個人像這樣在這條路上跑過。不過，由希那天一定在這條路的前方。呼……呼，我拚命鞭策雙腿，看向前方。看向由失去的日子連向由希的道路。

我現在是這麼相信的。

我看見了遠方的公民館。

看見了小小的布告欄。

看見了一座公共電話亭在黑暗中發出朦朧的光芒。有人在那裡。雖然只看得見人影，但那個人在講電話。找到了。我鬆了口氣。

我伸出手。

再一下子，就只差一點。

然而，為什麼——

時鐘的指針不願停止。

我們之間還有段距離。我看不見由希的臉，聽不見她的聲音，我的聲音也無法傳達。明明我就在這裡，由希卻沒有發現。

感情一湧而出。

焦急、悲傷、憤怒，以及恐懼。

呼吸困難。吸不到氣。發不出聲音。已經完了的想法掠過腦中。我不要，我不要，我不要，我無法接受這種結局。

一直保持沉默的由希突然開口。

她透過電話說道：

「一直以來謝謝你了。我過得很開心。真的真的很開心。我好幾次都覺得活著真是太好了。自從與你相遇，我真的一直都很開心。」

為什麼要說得好像已經結束了。還沒結束吧！還沒有結束。由希還在這裡。她明明就在這裡。

「其實，這些原本都是我應該無法獲得的東西。不過原本空蕩蕩的我，現在擁有了這麼多回憶。我去過冬天的海邊。因為有你在，我一點都不覺得冷；我也演出過電影。因為是兩個人一起拍，所以很開心；第一次打雪仗，也讓我覺得好興奮；我還吃了好多美味的東西。雖然我不是要找藉口，但我其實沒那麼會吃喔？不過，在小由身邊吃的飯真的特別好吃，所以忍不住就吃過頭了。因為吃東西，其實就等於在活著。」

還不夠吧。還要更多。我們再一起做許多事情，吃許多好吃的東西吧。所以……

「我們牽了好多次手。我喜歡小由的手，因為你的手總是很溫暖。雖然會讓人心跳加速到擔心心臟破裂的程度，但感覺非常舒服。」

由希的手很冰冷，但總是馬上就會變溫暖。這讓我感到很高興。

「其實，這是我有生以來第一次戀愛。我對那個對象說了『喜歡』，而對方也用『喜歡』回應了我。我說過任性的話，也撒嬌了好幾次。向男人撒嬌感覺真不錯呢。嗯。那是非常令人愉快的事。」

要是我能說出「我也是第一次戀愛」就好了，但實際上應該不是。我戀愛了兩百一十四次。對象都是同一個人，對象都是妳。

「第一次接吻是在放學後的教室，感覺真是戲劇性呢。話說回來，雖然漫畫裡都說初吻有檸檬的味道，但絕對不是那樣吧。我只覺得難為情和好開心，根本就不曉得什麼味道。小由知道嗎？你知道和我的吻是什麼味道嗎？」

我怎麼可能知道？

「吶，小由。」

由希呼喚我。

「……這樣看來，我們的戀愛其實滿普通的呢。就像普通的男孩子和普通的女孩子那樣只是隨處可見的故事。不過，不對，正因為如此，這段日子，這一瞬間，確實擁有值得我賭上一切的價值。多虧了你，我現在才能說出這些話。欸嘿嘿，感覺有點難為情呢。不過我還是要好好說出來。你聽我說。我的人生，我和小由一起度過的這段耀眼的日子……」

由希肯定是為了說這句話才活到現在。

——是全世界最幸福的戀愛故事。

由希的聲音已經不再顫抖。

過不久，就變得和平常一樣凜然，由希用我所愛的聲音，向我道別。

與此同時，一股彷彿撕裂內心的傷痛化為溫熱的某物，從我的臉頰滑落。

「為什麼要說這種話？我還想和妳在一起。所以，拜託妳。活下去。繼續活下去啊。」

這些話有傳達到嗎？

她有聽見嗎？

我們還連繫在一起嗎？

再一下子就好。大概只要再有某個契機，再多一點時間，由希就會回心轉意，但就是差了那麼一點。

「我等妳。我會一直等妳。等妳再次呼喚我的名字。」

膝蓋傳來一陣刺痛。我努力忍耐不要發出呻吟。膝蓋抖個不停，使不出力氣。感覺所有力氣都和血液一起從傷口流了出來。身體連站都站不穩，光是咬緊牙關不讓自己倒下，就已經是極限了。

為什麼？為什麼是現在？動起來啊。即使一輩子都不能走路也沒關係。讓我去由希的身邊。拜託了。我喜歡的女孩子就在那裡。

「……喜歡妳。我喜歡妳勝過任何人，勝過任何東西，只有妳，就只有妳的一切——」

我放聲大喊。

朝著眼前的微弱燈光，喊出全世界最重要的人的名字。

希望能夠傳達到。

「由——」

我現在能做的，就只有這些。

世界瞬間就無聲無息地改變了。

在那個彷彿由永遠濃縮而成的一瞬間，我看見了一個少女的夢。

說喜歡我的由希。

找理由和我牽手的由希。

我們一起打了雪仗。

一起去了遊樂場。

在空無一人的教室接吻。

她說過會等我。然而，我卻——

記憶與回憶，由希的聲音、動作和表情一一落下，掉落在我身上，但沒有堆積起來就直接消失，從我的手中消散。啊，等等，等一下啊。

過不久，連最後的那句話也融解消散。

「搿搿，小由。我會一直思念著你。椎名由希是這世界上最愛瀨川春由的人。」

腦中浮現出由希的笑容。那就是由希在我心裡的最後一塊碎片。

我的腳步開始放慢，沒過多久就停了下來。

我還有一個字沒說出來。

然而，我已經忘了那個名字。

甚至不知道世界從我這裡奪走了什麼。

❀

我深呼吸，調整凌亂的氣息。

我原本到底是要去哪裡？

膝蓋突然傳來一陣刺痛。是剛才跌倒擦傷的地方。因為摔得很慘，所以現在全身都是傷。我很怕痛，但即使淚流不止，依然想跑去某個地方。結果，我還是停下了腳步。

我到底在幹什麼啊？

「啊，可惡。好痛，痛死了，感覺要哭出來了。」

即使已經在哭，卻依然繼續逞強的聲音，沒有傳到任何人耳裡。

我什麼都不知道，唯獨高掛天空的半月散發的光芒，滲入我的眼中。

❄

電話無聲地掛斷了。

就像過去的好幾次那樣，世界再次毫不留情地切斷了我和他的連繫。

我站不起來，只能蹲在電話亭裡。已經不用再忍耐了。縮起身子後，只有自己的呼吸聲聽起來格外清楚。但就連這個聲音也逐漸遠去，我只在意那道在耳朵深處響起的聲音。我知道那是幻聽，不過……

那聲音明明是那麼地微弱，卻宛如在夜空中閃耀的星星般，持續在我心裡的正中央發出光芒。

等我，活下去。

那道光芒持續像這樣對我呼喊。

明明已經消失了。

明明一切的一切，都被當成不存在了。

為什麼到現在還能擾亂我的心？

他是個壞心眼又討厭的人。唉，即使如此。

他也是全世界最怪的人。

等回過神時，我已經笑了。我能夠笑了。

原來如此，我已經能夠一個人笑了。

因為我的雙手已經捧滿了各種東西。

在我最後抵達的地方，小由引導我抵達的地方，充滿了比我當初期望的還要更美好的結局。因為他在今後的未來，一定也會繼續笑——帶著我留給他的許多時間。所以，我已經滿足了。

我擦著眼淚起身。

將手伸進口袋後，指尖摸到了一個硬硬的東西。我困惑地掏出來後，發現是巧克力。是個哪裡都有在賣，毫無特別之處的巧克力。那個當時連名字都還不知道的男孩子，送給我的這個只值一百圓的巧克力，是我們的開始。

「妳願意送我巧克力嗎？」

他的聲音充滿期待。

「那當然。畢竟是女朋友送的巧克力。」

他的表情看起來很難為情。

啊，至少必須把這個送給他。因為我們約好了。那個總是說謊的少年，在最後的最後不也完成了一個約定嗎？

他呼喚了我，喊出了我一半的名字。

雖然只有一個音，但我確實聽見了。不是透過電話發出的聲音，而是他親口發出的直率聲響。所以，我也來完成約定吧。爸爸、媽媽、宇美，再等我一下，再等我一下就好。

我走出電話亭後，感覺眼角好像瞄到了某個陌生人的身影，但我沒有確認，就直接朝與那個呆站在原地的人相反的方向離開。

高掛天空的半月散發的光芒，滲入我的眼中。

月色真美。

我發自內心這麼覺得。

感覺已經很久沒像現在這樣，發狂似的愛著這個世界。

這個小時候的我，曾經希望能繼續活下去的世界。

Epilogue

雪的味道

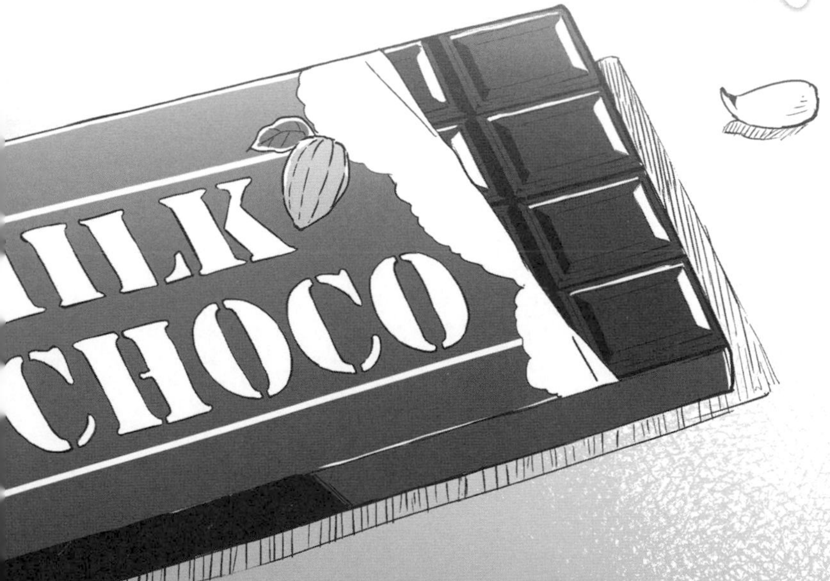

早上，我一如往常地起床，吃早餐，直到洗臉時才突然察覺。不對，應該說雖然早就知道，但內心總算跟上了現實。

即使已經持續穿了三年，但我再也不會穿制服了。

我在二月底參加了二次招考，之後不到一週就參加畢業典禮，在昨天收到了錄取通知。

日子匆匆忙忙地過去。

我本來想用電腦查榜，但在上班偷查的父親比我早知道結果而簡短地打電話通知。「恭喜。」電話裡父親的聲音有點顫抖。「謝謝。」我掛斷電話後，內心逐漸湧出喜悅的情緒。

我就這樣躺在床上，將手伸向橘色的燈光。手掌微微發熱，我用力握拳，感覺自己好像抓住了什麼東西。攤開手後，什麼也沒看見。不對，即使如此——

我還是確實抓住了什麼。

我找了件上衣搭配牛仔褲，隨手披了一件開襟毛衣在外面後，就踏上已經走了三年，通往學校的道路。明明二月中時還在積雪，現在已經完全是春天了。

在溫暖的太陽照耀下，到處都看不見雪。

我走在路上，看著顏色淡到彷彿用水稀釋過的天空時，遇見了認識的人。

我們大概已經有一個星期沒見了。明明之前每天都會碰面，真是不可思議。除非雙方都希望維持下去，否則人與人之間的連繫，似乎輕易就會像這樣瓦解。所以如果有無論如何都不想放棄的東西，就要持續伸出手才行。

「喲，早啊，朱音。」

我一舉起手，對方也跟著舉手回應。

「早安。這麼早出門幹什麼？」

「我要去學校報告自己錄取了。昨天公布了結果。」

「真是認真。我直接打電話就算了。」

「畢竟受了老師不少照顧，所以會想親自報告好消息吧。朱音要不要一起去？」

「好啊。朱音小姐很溫柔，所以可以陪你去。」

「謝謝。」

平日白天的路上沒什麼人。除了前方有個嬌小的人影外，根本看不見其他人。我們每前進一步，對方也會跟著朝這裡走一步，所以人影逐漸變大。即使如此，我們之間的距離還是遠到看不出彼此的性別。不曉得那個人影會不會和我們擦身而過，還是在那之前就轉彎。

我漫不經心地想著這種無關緊要的事，或許就是因為這樣，才有辦法說出接下來的話。

「朱音，我想問妳一件事，妳聽了可以不要生氣嗎？」

「明明就算說不行也沒用。阿春的性格還真是不錯呢。」

「謝謝誇獎。」

「不，我沒有在誇獎你。這是挖苦。」

「我當然知道。」

我得意地說完後，朱音放棄似的嘆了口氣。

「那麼，你想問什麼？」

「二月十四日時，妳有送我巧克力嗎？」

朱音的心情明顯隨著我的問題愈變愈壞，光看她這個樣子，我就知道答案了。啊，她真的生氣了。不對，是在鬧彆扭吧。

「沒有喔。」

她在回答的同時，用力捏了我的臉一下。真的非常痛。

「你怎麼可以問自己甩掉的女孩子這種問題。」

「所以我不是拜託妳不要生氣了嗎？」

「不可能啦。」

朱音用空出來的另一隻手捏了我另一側的臉頰。她開玩笑似的模仿飛機的聲音，將我兩邊的臉頰朝相反方向拉。這個看似普通的動作，意外地非常痛。

過不久，朱音笑了一聲，說我這個樣子有夠難看。

「啊～笑死了。看在你把我逗得這麼開心的份上，就當作扯平了吧。所以，你剛才說什麼？啊，想起來了，阿春在十四日時收到了巧克力嗎？」

「素的。」

因為臉頰被拉住，我沒辦法張開嘴巴正常說話。朱音似乎也明白這點，所以總算將手放開。就在我這麼想時，她馬上用雙手用力拍了一下我的臉頰，這比剛才還要痛上五倍。

「既然不曉得是誰送的，表示是間接收到嘍。」

我摸著自己的臉頰點頭。

「放在我家的信箱裡。我拿早報時發現的。雖然沒有寫寄件人，但對方應該知道我每天早上都會去信箱拿早報。」

那是隨處可見，沒錯，就連附近的便利超商都有賣的巧克力。外層甚至沒有另外包裝。雖然我國中時常吃那種巧克力，但感覺味道有點不一樣，吃起來非常甜。

「我不知道阿春早上會去拿報紙喔。」

「嗯。如果不是朱音，那會是誰呢。」

「是誰都無所謂吧？對那個女孩來說，一定光是把巧克力送到就已經竭盡了全力，而最後也確實送到了。嗯。有些戀情光是這樣，就算獲得了回報。即使無法兩情相悅，我也不認為那樣的戀愛全都沒有意義。」

既然朱音都這麼說了，那我也沒辦法再追究下去。

我無法回應朱音的勇氣與心意，但這也是無可奈何。因為我——

「既然妳都已經生氣了，我可以再問一個問題嗎？」

「……說吧。」

「喜歡上一個人，是什麼感覺？」

朱音緊盯著我。

「因為我沒有戀愛過。」

這十八年來，我從來沒對別人抱持過這種感情。

我還不了解那種即使與全世界為敵也在所不惜的熱情，或是令人煎熬的傷痛。

但朱音回答「放心啦，你已經懂什麼是戀愛了」，直接否定了我的話。

「阿春拒絕我的告白時，已經喜歡上了某人。不對，或許那不能算是戀愛，但當時阿春的心裡，已經擁有足以和戀愛匹敵的某種熱情。阿春心裡一定有某種比我還重要的東西，所以才會拒絕我的告白。」

走在前面的朱音突然轉身，她的背影繼續說道：

「我覺得女孩子是種非常堅強，但同時也很軟弱，可以說非常傻的生物。男孩子應該無法理解吧。理解女孩子那種將寶石放在抽屜裡，光是偶爾看一下就能滿足的心情。只要心裡有一個像那樣的東西，無論面對何種絕望，女孩子都有辦法活下去。阿春的熱情，一定已經成為了某人的那種依靠。」

「妳說得太誇張了吧。而且一點根據也沒有。」

「嗯。不過，我還有另一個更有說服力的東西。」

「什麼？」

「女人的直覺。」

朱音說到這裡就停住了。她的背影阻止我繼續問下去。

此時，我發現那道原本離我們很遠的背影，已經和我們擦身而過。我們已經講了這麼久的話嗎？那道人影似乎是位女性。她的長髮瞬間掠過我的眼角後，就離開了我的視野，所以我甚至沒看見她長什麼樣子。只有一股甜甜的春天香味，證明她剛才經過了這裡。

此時，像是要推著我繼續前進般，突然吹起了一陣風。

某人的聲音隨風而來。

內容是短短的一句話。

「小由。」

感覺有人呼喚了我一半的名字。

我第一次聽見這種叫法，所以連忙回頭，但是眼前一個人也沒有。朱音發現我呆站在原地，所以走了過來。

然後我們倆同時啞口無言。

因為眼前的景象實在是太美麗了。

在春風當中，不知名的白色光點，像是在祝福這個世界般閃閃發光。

那些輕飄飄的東西。

宛如雪的碎片。

——櫻花飛舞。

我攤開手掌，緩緩握住再打開。上面有一片白色的花瓣。花瓣沒有因為手的溫度融化，再次乘著風飛向遠方。

飛到我伸手無法觸及的地方。

不知為何，我感到有點寂寞。

我嘆了口氣，然後用力吸了口春天的空氣。

「有雪的味道。」

「呃，沒有吧。根本就沒有下雪。這是櫻花的味道吧。」

我想起今年冬天，曾和小學生一起打雪仗的事。

分隊時，我們用了櫻花的香水。我的臉被許多帶著甜甜香味的雪球砸過，伴隨著強烈的痛楚與冰冷，春天的香味也跟著深植於我的腦中。

帶著春天香味的雪，絕對無法並存的兩樣事物確實曾經交會過，這樣不是很有趣嗎？根本一點都不奇怪。

簡直就像是世界拚命隱藏的祕密——

這大概就是所謂的奇蹟。

我想著想著突然笑出來，然後否定了朱音的說法。

「不對，這是雪的味道。」

以後每到春天，我一定還是會繼續回想起已經消失的雪。

光是這樣，就讓我感到喜不自勝。

fin

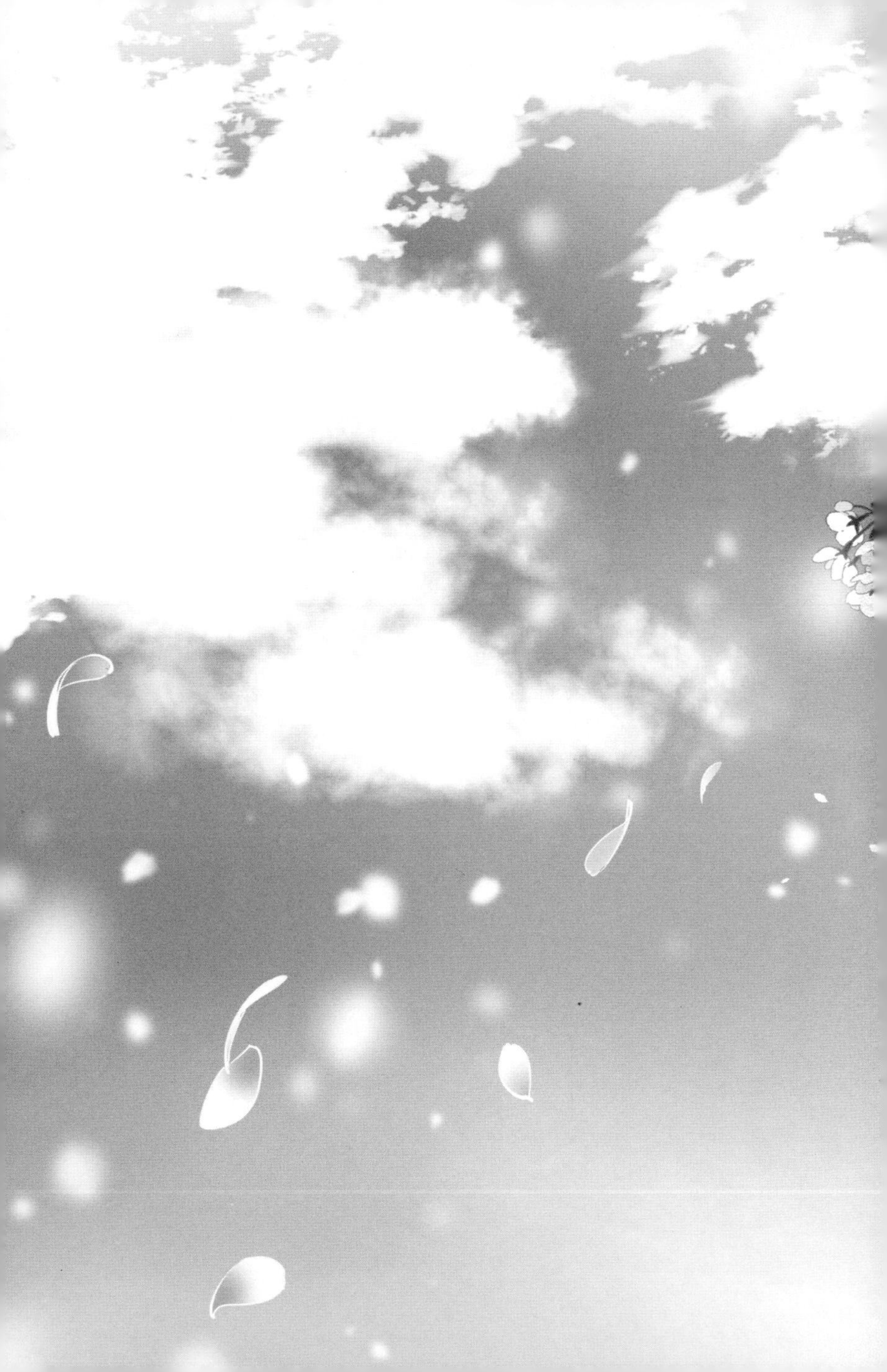

後記

初次見面。

這部作品，這一句話，就是我對你說的第一聲「Hello」。能夠透過這個累積了許多次相遇的作品邂逅大家，真的讓我很開心。我是葉月 文。

以後也請多多指教。

那麼，雖然我一直在煩惱後記該寫些什麼，但因為頁數不多，我就寫一個我和這部作品之間的小插曲吧。

在天氣還有點冷的二〇一七年三月底，我將作品投稿到網路上，開始夢想著出道並持續修改這部作品的某一天。為了將女主角的名字打成我想要的字，我以猛烈的氣勢，比平常還要頻繁地按著切換鍵。

結果螢幕上顯示出一個我曾在小學時學過的字，既不是由希，也不是雪。我看到那個字時，想著「啊，原來如此」，然後忍不住一個人笑了。

說來慚愧，直到那個時候，我才總算碰觸到自己創作的故事本質。知道由希最後留下的那些話全都是出自於真心。雖然肉眼看不見，但她確實曾經存在於此。

所以，她以燦爛的笑容如此說道：

這是一個幸福（註：日文中，幸、由希與雪的發音相同）的戀愛故事。

那麼，接下來是謝辭。

賜予這部作品「金賞」殊榮的各位評審、替這部作品注入許多熱情的責任編輯船津，幫忙畫了出色的由希和春由的ぶーた老師，對我來說是個活傳說的鎌部設計師，以及曾經協助過我的所有人，多虧了各位，這本書成為了全世界最特別的一本書。身為一個愛書人，再也沒什麼比這更令人高興的事情了。

謝謝你們。

當然，也要對拿起本書的各位讀者致上最深的謝意。

假設各位能在夏季最熱的一天、某個秋天的文化祭、下雪的夜晚，或是隱約聞到春天氣息的早晨，稍微想起她的事。

那麼對這個故事，以及對我來說，就是最大的喜悅了。

「不好意思，可以打擾你一下嗎？」

如果哪一天連同櫻花的香味，聽見了這個聲音。

還請對那個如雪般美麗，笑得十分幸福的少女——

二〇一七年十二月。寫於他與她相遇的日子。　葉月 文

青春豬頭少年不會夢到嬌憐外出妹

Kadokawa Fantastic Novels

作者：鴨志田 一　插畫：溝口ケージ

「我想讀哥哥上的高中。」
花楓下定決心，朝未來跨出一步！

咲太迎接高中二年級第三學期到來的這時候，長年熱愛看家的妹妹花楓說出沒對任何人透露過的祕密。咲太明知這是極為困難的選擇，還是溫柔地支持著花楓──「楓」託付的心意由「花楓」承接，朝未來跨出一步的青春豬頭少年系列第八彈！

各 **NT$220~260/HK$68~78**

狼與辛香料 1~20 待續

Kadokawa Fantastic Novels

作者：支倉凍砂　插畫：文倉 十

賢狼赫蘿與羅倫斯的旅館故事第三彈！
送上「狼與辛香料亭」的四季短篇故事

泉療客熙熙攘攘的短暫夏季過去，溫泉旅館「狼與辛香料亭」迎來片刻的安寧之秋。赫蘿與羅倫斯在山中散步一圈，兩人背著滿滿的野味返回旅館，發現門口聚了一群人。「出了什麼事啊，有好多種野獸的氣味混在一起吶。」這群稀客的身分竟是──

各 **NT$180~240/HK$50~68**

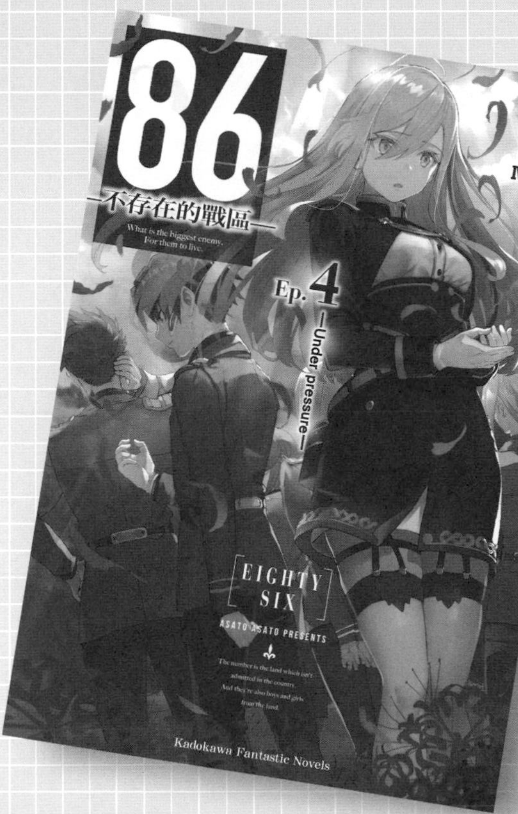

86—不存在的戰區— 1~4 待續

Kadokawa Fantastic Novels

作者：安里アサト　插畫：しらび

辛與蕾娜邂逅之後的第一場共同作戰！
來自地底的呼喚，向他們宣告新的試煉。

辛與蕾娜終於在命運的安排下重逢。總覺得兩人之間好像很親密，又好像有點距離，弄得萊登等人勞心勞力。然而短暫的休憩時光不久，以蕾娜為司令的新部隊接到了第一份任務。在共和國的舊地下鐵總站，建造於地底深處的軍團據點，正張開大口等著他們。

各 **NT$220~260/HK$68~78**

國家圖書館出版品預行編目資料

Hello,hello and hello / 葉月文作 ; 李文軒譯. -- 初版.
-- 臺北市 : 臺灣角川, 2019.04
面 ; 公分
譯自 : Hello,hello and hello
ISBN 978-957-564-863-3(平裝)

861.57 108001932

Kadokawa
Fantastic
Novels

Hello,Hello and Hello

（原著名：Hello,Hello and Hello）

2019年4月24日 初版第1刷發行
2023年6月19日 初版第5刷發行

作　者：葉月 文
插　畫：ぶーた
日版設計：鎌部善彦
譯　者：李文軒
發行人：岩崎剛人
總編輯：蔡佩芬
副主編：林秀儒
美術設計：莊捷寧
印　務：李明修（主任）、張加恩（主任）、張凱棋
發行所：台灣角川股份有限公司
地　址：104台北市中山區松江路223號3樓
電　話：（02）2515-3000
傳　真：（02）2515-0033
網　址：www.kadokawa.com.tw
劃撥帳戶：台灣角川股份有限公司
劃撥帳號：19487412
法律顧問：有澤法律事務所
製　版：尚騰印刷事業有限公司
ISBN：978-957-564-863-3